IK VERBIND U DOOR

Van Vonne van der Meer verschenen:

Het limonadegevoel en andere verhalen (1985)
Een warme rug (roman, 1987)
De reis naar het kind (roman, 1989)
Zo is hij (roman, 1991)
Nachtgoed (verhalen, 1993)
Spookliefde (novelle, 1995)
Weiger nooit een dans (toneel, 1996)
De verhalen (1997)
Eilandgasten (roman, 1999)
De avondboot (roman, 2001)
Laatste seizoen (roman, 2002)

Vonne van der Meer

Ik verbind u door

2004
Uitgeverij Contact
Amsterdam/Antwerpen

Derde druk, oktober 2004

Omslagontwerp Via Vermeulen/Rick Vermeulen
Omslagfoto Monique Werter
Foto auteur Roeland Fossen
Typografie Arjen Oosterbaan
ISBN 90 254 1943 7 (gebonden)
ISBN 90 254 1909 7 (paperback)
D/2004/0108/817
NUR 301

www.boekenwereld.com

I

Het voorgeborchte van de dag

In een provincieplaats in het midden van het land, niet ver van de A12, in een huis op steenworp afstand van een klein station vanwaar ieder half uur een trein vertrekt richting Schiphol, luchthaven met verbindingen naar New York, Peking, Moskou, Calcutta, ontwaakte Edith met een glimlach om haar lippen. Zij had geen idee wat deze dag voor haar in petto hield, laat staan wat zij teweeg zou brengen. Door een zucht van haar kon een storm ontstaan, met daarin een dode, wie weet.

Was ze uit zichzelf wakker geworden of was het de voet van haar man die langs haar wreef streek? Door het getoeter van een vrachtwagen op de snelweg of door een ander geluid? Het slaapkamerraam stond half open, een briesje tikte tegen de luxaflex. Onrustig geritsel klonk op uit de bladeren van de esdoorn in de achtertuin; twee duiven die elkaar dwarszaten of het hof maakten? Daar hoorde ze de brommer van de krantenjongen al, het geklepper van de brievenbus, een plofje op de mat; het moest tegen halfzeven zijn.

Soms was dit het moment om uit bed te springen en de krant te halen, maar vanochtend niet. Er was weinig nieuws de laatste tijd, geen wereldschokkende gebeurtenis deze laatste weken van een warme nazomer. Komkommertijd werd het smalend genoemd, maar zij vond het wel best zo. Nog maar een jaar geleden hadden twee vliegtuigen zich vlak na elkaar in de Twin Towers geboord. Dagenlang had ze met een wee gevoel in haar maag aan de televisie gekluisterd gezeten, stapels kranten en tijdschriften had ze gekocht om maar geen theorie over de terreurdaad te missen. Maar een bevredigend antwoord was er niet, iedere zelfmoordenaar had zijn eigen geschiedenis, de haat steeds een andere kiemcel.

De pui in de keuken van het buurhuis werd opengeschoven; de buurman liet zijn herdershond uit. De nagels van het dier schraapten over de betegelde binnenplaats. Een van de buurmeisjes, waarschijnlijk wakker geworden door haar vaders voetstappen, jengelde dat ze uit bed wilde. Een busje remde op de hoek vlakbij, een mannenstem vroeg boven het geronk van een dieselmotor uit: Wil u misschien even... De rest van de vraag ging verloren, of was ze toch nog even in slaap gevallen? Het volgende dat ze hoorde was gerinkel op het plein waar de glasbak stond, het geruis van honderden scherven die in de laadbak van een vrachtwagen werden gestort. Daardoor wist ze nu met zekerheid dat het dinsdag was. Dadelijk kwam de vuilnisman langs en over twintig minuten zou de wekker aflopen; opstaan, sinaasappels persen, ontbijt klaarmaken voor de kinderen; helpen zoeken naar een tas met gymspullen, een passer, een schoolagenda. Niet aan denken, zover is het nog niet, nog even, geniet zo lang mogelijk van het ontwaken van de dag.

Ze trok het dekbed om zich heen, het was dun en soepel, over een paar weken zodra de kou weer in de lucht zat zou ze het zwaardere winterdekbed eraan vastmaken; altijd te laat, nadat ze eerst een paar nachten hadden liggen kleumen. Berend draaide zich naar haar toe, schoof zijn hand in de opening van haar nachthemd, en mompelde onverstaanbaar iets vragends, liefs. Ze legde haar hand op zijn bil, kneep er zachtjes in. Geen betere tijd om te vrijen dan de vroege ochtend, geen beter begin van de dag denkbaar. 's Ochtends in halfslaap leek ze meer te voelen, waren haar zintuigen alerter, was haar lichaam net een secuur afgesteld mechaniek dat meteen reageerde op de allerlichtste aanraking. Dan was het alsof alles haar voor het eerst overkwam, de zoen, de hand op haar borst. Kom, hoe heette die jongen ook alweer, Mathijs, Math, Martijn?

Terwijl ze twintig jaar terugging in de tijd naar een modderig paadje tussen twee hockeyvelden, en zich gezichten voor de geest haalde van klasgenoten die net als zij nu midden dertig moesten zijn, drong zich een andere gedachte aan haar op. Een onwelkome herinnering, iets wat een vrouw gisteren tegen haar had gezegd op het parkeerterrein van de supermarkt, in het overdekte gangetje bij het rijtje winkelwagens. Heel terloops, maar daarom niet minder krenkend, en te dom om serieus te nemen. Ze had er niet meer aan gedacht, tijdens het winkelen niet, in de auto naar huis niet, niet tijdens het koken of daarna, geen moment. Hoe meer moeite ze deed om er niet aan te denken, des te hardnekkiger beet de herinnering zich vast, en ze verstijfde. Ineens zat haar hoofd vol commentaar, het gonsde er van de stemmen, van boosaardige kritiek op van alles en nog wat. Geërgerd duwde ze Berends hand weg.

'Wat nu?' vroeg hij verbaasd.

'Ik slaap nog.'

'Daarnet anders niet.'

'Ik heb geen zin.'

Hij streek met een vinger over haar neus. 'Zal ik eerst een kop thee voor je zetten?'

Ze wendde haar hoofd af. 'Doe niet zo... toe, zeur niet.' Ze draaide zich van hem af naar de muur en trok haar knieën op.

'Dan niet,' zei hij en sprong uit bed.

Nog stram van de slaap bonkte hij naar de badkamer. Aan de kracht waarmee hij de deur achter zich dichttrok, hoorde ze dat hij de afwijzing niet zo laconiek opnam als hij deed voorkomen. Zou ze hem vragen terug te komen? Er was niets wat hem zo ongelukkig maakte als zo'n doorkruiste verwachting aan het begin van de dag. Dan werd hij onzeker, over alles: of zij hem nog wel aantrekkelijk vond, en over zijn werk, of zijn bazen niet toch de voorkeur zouden geven aan iemand die wél gestudeerd had – onrustig, boos, verstrooid. De vorige keer dat hij wilde vrijen en zij niet, had hij vlak voordat hij instapte een dossier op het dak van de auto gelegd. Toen ze de kinderen naar school bracht vond ze door de hele straat vellen papier waarop stond STRIKT GEHEIM. Een beker met tandenborstels kletterde in de wastafel; Berend vloekte luid, de tandpasta was op en zijn scheermesjes waren weg, had zij ze soms weer gebruikt voor haar benen, hoe vaak had hij haar niet verzocht... Nu, laat dan ook maar, dacht ze en ze trok het kussen over haar oren.

Het begint, nee, het is al begonnen, bij deze man en deze vrouw. Hoe ik wist dat ik hier moest zijn? Ik zag ze liggen, vredig slapend onder hun witte dekbed, en tegelijkertijd zag ik een badkuip bespat met bloed. Zoals een speurhond een spoor kan ruiken dat al dagen oud is, ruik ik waar ik op af moet nog vóór het spoor ontstaat. Vermoedelijk zijn het geen misdadigers, deze twee. Ze lijden geen honger, ze zijn niet ziek, er sluipen geen wolven rond hun huis die hen kunnen verscheuren, zoals in vroeger tijden. Er woedt geen oorlog in dit kleine land aan zee, en toch zag ik bloed, en hoorde ik in de ochtendlijke stilte een ijselijke schreeuw. Maar ik moet door, Berend achterna, wie weet lukt het me om het onheil bijtijds af te wenden.

Pas toen hij in het spiegeltje keek om de carport uit te rijden, ontdekte hij de snee op zijn rechterwang, vlak onder zijn oor, op de overgang tussen kaak en hals. Het gebeurde wel vaker dat hij zich sneed wanneer hij met zijn hoofd ergens anders was, meestal zag hij het voor hij de deur uitging of Edith maakte hem erop attent, maar vanochtend hadden ze elkaars blik gemeden.

Terwijl hij in de keuken in de Brinta van de kinderen had staan roeren, schoot zij de trap op om hen achter de vodden te zitten. Later, toen zij met de kinderen aan de ontbijttafel plaatsnam, ging hij haastig op zoek naar een rapport waar hij gisteravond even in had gebladerd en waarin stond wat iedereen allang wist: het aantal diefstallen van kostbare goederen die met Swift verstuurd werden, nam hand over hand toe. Met de deurknop al in zijn hand had hij Edith gedag gezegd, maar hij was niet zeker of ze hem gehoord had.

Vlug wegwezen, de auto in, eindelijk alleen. Hij besloot de telefoon niet aan te zetten, hij had geen zin om te praten, laat staan diep na te denken over zaken die evengoed konden wachten tot hij op kantoor was. Sommige mensen hadden een hekel aan de dagelijkse rit naar het werk, maar hij vond het wel best om even niemands man te zijn, niemands vader, niemands baas. Alleen hing er vanochtend een zoetige geur in de auto. Hij keek om zich heen; in de asbak tussen voor- en achterbank lag een bruin klokhuis. Hij draaide het raampje open en smeet het in de bosjes. Een druppel spatte in zijn gezicht; vanochtend vroeg had het flink geregend, maar je voelde aan alles dat het drukkend warm zou worden.

Voorzichtig raakte hij de snee even aan, en zag aan zijn vingertop dat het bloed nog niet was opgedroogd. Hij aarzelde, hij kon naar binnen glippen en er wat aluin op doen of een plukje watten, en voordat hij opnieuw het huis verliet nog iets aardigs tegen Edith zeggen. Ze zou hem een zoen geven, opmerken dat hij met die watten op zijn kin net een lappenpop leek met een scheurtje, en dan was alles weer goed.

Hij merkte mij wel degelijk op, niet als duidelijk waarneembare stem, niet alsof er woorden tussen deze regels opdoemen, maar als een gedachte, die hij verwierp door mij ruw te onderbreken: 'Nee, waarom moet het altijd en eeuwig van mij uitgaan.' Hij kneep in de koppeling, schudde hem in zijn vrij. De hand waarmee hij het klokhuis had weggegooid voelde plakkerig aan, alsof hij zichzelf zojuist had bevredigd.

Voor hij wegreed wierp hij toch nog een blik op de erker. Daar zat ze, in het wazige ochtendlicht tussen de planten, in haar velours ochtendjas; het dikke asblonde haar slordig opgestoken met kammetjes, de krant uitgespreid voor zich op tafel, een mok thee binnen handbereik. Snapte ze dan niet dat hij soms gewoon niet van haar af kon blijven, hoe radeloos hij werd als ze eerst wel en dan ineens weer niet? Het was een ernstige blunder van de schepping dat een vrouw nooit eens een man kon zijn – daar kwam alle ellende uit voort, Edith wilde maar niet begrijpen dat ze hem soms tot wanhoop dreef. Misschien moest hij dat oude voornemen om haar een week lang niet te na te komen maar eens uitvoeren, zodat zij ervoer wat hij – een week, dat hield hij nooit vol. Als ze nu opkeek en wenkte dat hij binnen moest komen, vlug terug naar hun brede bed, zou hij geen seconde aarzelen.

In een kaarsrechte lijn, om de varens aan weerszijden van het pad te ontzien, reed hij achteruit. In een flits zag hij de foto voor zich bij een krantenbericht over een man die met een bulldozer de voorgevel van het huis van zijn ex-geliefde had geramd; op weg naar haar toe had hij tientallen auto's vermorzeld, een complete ravage aangericht. Schitterend, en hij hoefde alleen maar te remmen, flink gas te geven en de hele erker lag in puin, Edith, in een bed van scherven – hij schrok van zichzelf. Zoiets verzon je alleen als je verteerd werd door jaloezie. Voorzichtig, beheers je. Die tuin was haar lust en haar leven, zij had die planten bij De Hof van Eden uitgezocht, in de grond gezet, bemest, water gegeven, liefdevol toegesproken. Van een stijf tuinkabouterplantsoentje had ze in een paar jaar tijd iets fantasierijks weten te maken, met bloemen en planten die hij alleen kende uit prentenboeken.

Met een wijde bocht zwenkte hij de straat op. In zijn achteruitkijkspiegel zag hij een vrouw op een fiets, met voor- en achterop een kind. Ze liet haar fietsbel rinkelen om hem te waarschuwen, maar hij stond allang op de rem, wuifde en wachtte tot ze voorbij gereden was. Haar vijandige blik sprak boekdelen: ze dacht dat hij haar pas op het laatste moment had gezien. Blijkbaar kon hij geen goed doen vandaag.

Een paar minuten later reed hij de snelweg op en zette de autoradio aan, altijd op hetzelfde moment, wanneer hij eindelijk flink gas kon geven. Stom, nu was het hem toch weer ontschoten: even verderop werd aan de weg gewerkt, en via de omleiding over de A27 deed hij er beduidend langer over om van Driebergen naar Diemen-Zuid te komen; nu moest hij jakkeren om op tijd te zijn. Maar iedere dag verschenen er meer waarschuwingen langs en boven de weg, houd 2 seconden afstand, u rijdt te hard! Hij vond het moeilijk die borden te negeren, hij had altijd het gevoel dat ze tot hem persoonlijk gericht waren: we weten nu wel dat je Edith weer voor je ziet, naakt op de zwartkanten kousen van Fogal na, die je laatst voor haar hebt gekocht. Wis dat beeld, kijk eens om je heen, man, zoek wat afleiding, kwel jezelf niet langer. Denk eens 2 seconden aan iets anders!

Gehoorzaam draaide hij de muziek wat luider, neuriede mee met een liedje dat hij deze week al een paar keer had gehoord.

A few more geese gone
A few more leaves turning red
But the grass is as soft as a feather in a featherbed

Er hing een lage mist boven de weilanden en de bomen waren iets geler dan vorige week. Onderweg keek hij liever naar bomen dan naar gebouwen, alleen dat ene grote witte kantoor beviel hem wel. Struycken, zo heette de ontwerper, had Edith hem verteld. Alles wat hij op dit gebied wist, had zij hem bijgebracht. Als hij dan zei, goh wat knap, lief, dat je dat weet, zei zij, ja maar jij kíjkt veel beter. Hij keek nog een tweede keer: de kleine ramen waren net blokjes, stippen, de gevel net een dominospel, één tikje en alle stenen kwamen in beweging, een niet te stoppen lawine.

So I'll be king, and you'll be queen
Our kingdom's going to be this litte patch of green
Wouldn't you lie down with me
in the september grass...

Hoe trots hij ook was op een vrouw die hem 's avonds voor het slapen gaan wel eens een dichtregel voorlas, nu zag hij haar toch weer voor zich in een openhangende peignoir, terwijl ze door het huis liep, in de spiegel keek, haar lippen stiftte. Voor wie, voor een ander, die langskwam zodra de kinderen naar school waren? Een ander... idioot om die gedachte zelfs maar toe te laten – en waarom, om zich nog zieliger te mogen voelen? Een ander, wie dan? Haar patiënten waren allemaal over de zeventig. En wie garandeerde dat er tussen al die oude mensjes nooit eens een jonge god haar praktijk binnenglipte? Hoewel hij alleen maar een verzwikte enkel had, kleedde hij zich helemaal uit, en zij ook, knoopje voor knoopje, waarbij ze elkaar onafgebroken in de ogen keken zonder een woord te spreken. Terwijl de jongen zich naakt op de behandeltafel uitstrekte, verdween zij nog even achter het gordijn van de kleedhoek om haar zwarte kousen aan te trekken, de kousen die ze van hém, haar man, gekregen had en die door een strookje rubber aan de binnenkant van de boord aan haar zachte dijen bleven kleven.

Hij klemde zijn lippen op elkaar, drukte het gaspedaal dieper in, voor hem op de middelste baan reed een rode Triumph met een donkerharige vrouw achter het stuur – hard, maar minder hard dan hij had geschat. Links kon hij haar niet inhalen, dus schoot hij haar aan de rechterkant voorbij, maar op die baan voegde juist een vrachtwagen in, PETROTRANS stond er op de zijkant; een lang gevaarte vol benzine, een rijdende bom, die, al zou de chauffeur hem in zijn zijspiegel zien naderen, niet ineens harder kon gaan rijden en evenmin kon terugzwenken naar de invoegstrook. Zijn adem stokte, in een reflex week hij weer uit naar de middenbaan, op hetzelfde moment hoorde hij achter zich een aanhoudend, schel getoeter.

Zijn handen klampten zich om het stuur en hij slaakte een vloek. Gierende remmen, een klap, brekend glas verwachtte hij, maar in plaats daarvan hoorde hij die snerpende claxon, die door merg en been ging. Verstijfd van schrik keek hij in zijn spiegel en zag dat de vrouw haar middelvinger opstak, en hem tegelijkertijd iets toebeet, knalrode lippen, dezelfde kleur als haar glimmende auto.

'Rustig, mens. Mijn fout, ik weet het! Ik zat te dromen,' riep hij door de dichte ramen over de nieuwsberichten van dinsdag 10 september heen, met een tik van zijn wijsvinger legde hij de radio het zwijgen op. Ze had gelijk, het was op het nippertje, hij had haar niet gezien, maar geen paniek, hij had de situatie weer in de hand. Hij overzag de weg, het hele traject, alle drie de banen, achter hem, links van hem, rechts van hem. Dit zou hem niet nog eens overkomen, o nee. Hij strekte zijn armen, leunde zo ver mogelijk achterover in zijn stoel, en probeerde de spanning uit zijn lichaam te drukken.

Swift

Als Berend goed tot zich had laten doordringen hoeveel geluk hij had gehad, had hij zijn auto langs de kant van de weg gezet om zich haastig met Edith te verzoenen. Maar hij belde haar niet en wist dus niet dat zij hem al een kwartier geleden geprobeerd had te bereiken. Berend vervolgde zijn weg alsof het een gewone dag beloofde te worden. Ik had ook best de gangen van een ander kunnen nagaan. Er zijn evenveel geschiedenissen met een fatale afloop als er ochtendhumeuren zijn, maar ik bleef bij Berend. Het was niet alleen intuïtie, ook een gok, in een fractie van een seconde moest ik kiezen tussen hem en de vrouw in de rode Triumph, die – zag ik nog net vanuit een ooghoek – vlak nadat ze door Berend gesneden was de man achter de kassa van een benzinepomp een grote bek gaf.

De parkeerplaats van de staf lag pal tegenover de door buxusboompjes geflankeerde ingang van het kantoorgebouw. Onlangs waren daar drie hoge masten geplaatst, waaraan vlaggen hoorden te wapperen, die er nu al weken achtereen lusteloos bij hingen, witte doeken met het oranje Swift-logo: een pakje dat van de ene hand overging in de andere. Worldwide International Transportation , de s stond voor safe, de f voor fast. Toen hij hier een jaar geleden een baan kreeg als interim-directeur, had Edith hem *Gullivers reizen* gegeven van Jonathan Swift. Háár leek een reus die met honderden touwtjes vastgebonden lag op een voertuig met twintig wielen een veel grappiger logo voor een pakketvervoersbedrijf, jammer dat ze dat op het hoofdkantoor in Londen niet begrepen.

Berend liet de gereserveerde parkeerplaatsen links liggen en reed om het hoofdgebouw heen naar de achterkant, naar de loodsen waar bestelauto's af en aan reden, dag en nacht. Dit was de buik van het bedrijf, hier borrelde en rommelde het, stonk het naar olie en uitlaatgassen. Hier voelde je de tijd dringen. Hier kwamen alle pakketten binnen, werden gesorteerd en voorzien van een barcode waardoor ze op ieder overslagpunt van het transport te traceren waren. Hier werden de pakjes op lopende banden gelegd en overgeladen in vrachtauto's die ze naar een ander distributiepunt vervoerden, of naar Schiphol, waar Swifts eigen vliegtuigen klaarstonden.

Uit de auto naast hem stapte een koerier, automatisch wierp Berend een blik op het voertuig en op het uniform van de jongen. Hij kon het niet laten; zag hij in de verte een Swift-auto dan moest hij hem inhalen om te zien of alles wel in orde was. Deze auto was pas in bad geweest, en ook op het uniform van de jongen was niets aan te merken. Hij droeg het oranje bedrijfsoverhemd en gelukkig geen T-shirt met Einstein die zijn tong uitsteekt.

'Morgen, meneer.'

Vlug keek hij op het plastic naamkaartje. De meeste koeriers kenden hem bij naam, hij kende alleen de jongens die hier fulltime werkten. Namen, namen – dat leerde hij iedereen die leiding gaf – en onthoud wat zo'n jongen hiervoor gedaan heeft, zijn opleiding, of hij getrouwd is, kinderen heeft of een rare hobby. Mensen moeten het gevoel hebben dat je geïnteresseerd in ze bent. Maar 's zomers was het verloop onder de koeriers vrij groot, die pasjes waren zijn redding.

'Lange rit achter de rug, Joris?' vroeg hij. Ondanks het vroege uur hing er een klamme warmte in de lucht zodat de uitlaatgassen vlak boven het asfalt bleven hangen.

'Niet echt, nee, Osdorp.'

Het gesprek stokte – Osdorp, wat moest hij daar nu weer op zeggen? Met een knikje dat van alles kon betekenen, staarde hij over de schouder van de jongen naar de ramen aan de overkant. Op de derde verdieping, in de kamer naast de zijne, stond Jaap. Hij herkende hem meteen, ook vanwege het geruite jasje, okergeel met oranje. Sinds hij een vriendin had was hij van een slungel in een te krappe blazer een man met spectaculaire jasjes geworden. Als hij langsliep heette de gang plotseling catwalk, en Jaap Mister Swift.

Jaap stond met zijn rug naar het raam over een computer gebogen. Er zouden toch niet weer problemen zijn? Ondanks de nieuwe scanner was hun site vorige week aangevallen door een onbekend virus dat via een onschuldig ogend e-mailbericht het bedrijf was binnengedrongen. Het was aan Jaap te danken dat de schade beperkt was gebleven. Even vragen dadelijk of alles nu weer in orde was, maar er niet te diep op ingaan. Zelf wist hij er te weinig van, hij raakte lichtelijk in paniek als het systeem weer eens vastliep. Ze konden hem op de mouw spelden dat een virus ook je televisie onklaar kon maken en 's nachts via de kabel in de huiskamer verder ontsnappen, je ijskast leegeten, al je bier opdrinken, je vrouw aanranden.

Joris had het achterportier van de bestelauto geopend en sjorde aan een groot plat, in bruin papier gewikkeld pak. Het formaat van een schilderij, maar dat kon het niet zijn, Swift vervoerde geen kunstschatten, net zomin als piano's of tijgers, daar had je specialisten voor. Berend zag hoeveel moeite het de jongen kostte het pak uit de auto te krijgen, en gebaarde dat hij het portier wel dicht zou doen. Eigenlijk was het pak te zwaar voor één man, hij zou hem even kunnen helpen, kleine moeite, hij moest toch naar de loods. Hij talmde, slikte het aanbod weer in, het was te warm, te vroeg. Hij was nooit te beroerd om de handen uit de mouwen te steken, maar vandaag had hij geen zin om aardig te zijn; vandaag voelde hij zich ook een groot onhandig pak, omwonden met stug touw. Zwijgend keerde hij de jongen de rug toe.

En Joris? Die haalde zijn schouders op en ging onverstoorbaar door met zijn werk. Berends humeur had op hem geen vat, hij merkte het niet eens op, hij raakte niet besmet. De wrevel – of hoe moet ik het noemen, het gevoel tekort te zijn gedaan, de verongelijktheid, het chagrijn – werd door Berend het gebouw binnengebracht, ging mee de lift in, die leeg was, naar de derde verdieping waar Jaap K. popelde om zijn grote nieuws aan iemand te vertellen.

Het nieuwe huis

Jaap K. – Hoofd Operatie, verantwoordelijk voor de weg van deur tot deur van ieder pakket – keek beurtelings van het scherm van zijn laptop naar de gang. De post lag ongeopend op zijn bureau, zijn koffertje stond nog aan zijn voeten. Hij had genoeg te doen, gisteren was hij niet op kantoor geweest en het werk had zich opgehoopt. De afgelopen week waren de muren van de hele verdieping opnieuw gewit, er was een koningsblauw tapijt gelegd; overal rook het naar verf en lijm. Alles wat niet in een la of kast zat was vóór de opknapbeurt in verhuisdozen gedaan, die nu wachtten om weer uitgepakt te worden.

Hij draaide zijn laptop een slag, van het raam af, want de zon scheen precies in het scherm en maakte de foto van zijn nieuwe huis onzichtbaar. Weer wierp hij een blik op zijn horloge, en hij fronste zijn wenkbrauwen. Carla was altijd als eerste op kantoor. Waar bleef ze nu? Hij wilde zijn enthousiasme met haar delen; er was niets aan om in je eentje hoera te roepen.

Hij drentelde de gang op. Bij het zitje naast de koffieautomaat zat een sollicitante, half verscholen achter de grote ficus die het hoekje iets knus moest geven. Hij had haar net al een kop koffie aangeboden; nu keek ze hem weer vragend aan, met iets verwijtends in haar kleine blauwe ogen. Ze streek de rok van haar beige mantelpak glad. Of was ze net zo nerveus als hij en droogde ze haar handen af? Hij knikte haar bemoedigend toe, en maakte zich vlug uit de voeten met het vaste voornemen iets nuttigs te gaan doen, een paar ordners in de kast terug te zetten of in ieder geval de post te openen. Maar eenmaal terug in zijn kamer werd hij weer naar de laptop gezogen. Hij moest zijn nieuwe huis zien, anders begon hij onmiddellijk te twijfelen.

Hij klikte de tweede foto te voorschijn: Dédé, voor het huis dat sinds gisteren hun huis was, de armen geheven in de lucht, het overwinnaarsgebaar. Het was haar toch maar gelukt. Iedere ochtend had zij de aanbiedingen bekeken, in haar eentje de eerste bezichtiging gedaan om het kaf van het koren te scheiden. Tientallen huizen had ze bezocht voor ze op dit huis was gestuit. Ze wisten het meteen: dit is het. Maar goed dat ze vanmorgen deze foto's had doorgemaild voor ze de deur uitging, want hoe zou hij het moeten beschrijven: hoge ramen als in een atelier, die de hele voorpui besloegen. Een dak als een lessenaar, volgens de makelaar, maar zelf vond hij het meer op een skischans lijken. Hij zag hen al staan in een besneeuwde tuin omringd door een schare bewonderende vrienden, terwijl over hun hoofd de ene na de andere skispringer de lucht in schoot. Gefeliciteerd, Jaap, geweldig, wat een prachthuis, wat een dak!

Hij keek uit het raam of zijn baas al in aantocht was, wat bezielde iedereen vandaag, ook Berend was aan de late kant. In Berends kamer rinkelde de telefoon; het klonk er vreemd hol nu de wanden nog leeg waren. De uitzendkracht bij de receptie haalde hen nog steeds door elkaar; onbegrijpelijk, want Berend was fors en blond en had altijd een blos op zijn wangen alsof hij net een dag had gezeild, Berend was in zijn hele optreden een leider, een vader, terwijl hij – hij had geen idee wat voor indruk hij maakte.

Jaap rende de belendende kamer in en nam op. Het was Edith, ze informeerde of hij al een huis gevonden had. Terwijl hij een anekdote over haar laatste verhuizing aanhoorde, viel zijn blik op de met roze en goud beschilderde olifant op Berends bureau. Hij pakte de presse-papier op. Het was niet zomaar een souvenir had Berend hem eens toevertrouwd. Voor Berend 's avonds naar huis ging, legde hij zijn hand op de brede rug van het dier en zei zoiets als: hier, voor jou. Alles wat hem dwarszat, alle problemen die zich in de loop van de dag hadden opgehoopt, droeg hij met een simpel handgebaar aan de olifant over. Volgens Berend werkte het. Dankzij die olifant reageerde hij zijn zorgen zelden af op zijn gezin en lag hij 's nachts nooit te malen over Swift. Thuis was hij er helemaal voor de kinderen, leerde hij zijn dochter schaken, en bouwde kastelen van lego met zijn zoon.

Mijn zoon – zou hij dat ooit kunnen zeggen? Jaap legde zijn vochtige handpalm op het houten beest, deed zijn ogen dicht alsof hij bad en dacht: hier, voor jou. Hij zag als een berg tegen de verhuizing naar Hoofddorp op. Hij begreep niet of het aan het nieuwe huis lag, of aan de verandering op zich. Hoe bestaat het dat iemand die zijn brood verdient met vervoer zelf zo moeilijk in beweging te krijgen is, zei Dédé vaak. Ze had gelijk. Hij kon zich domweg niet voorstellen dat de momenten van geluk die hij in de Wilhelminastraat had gekend zich ook in Hoofddorp zouden aandienen. Het was alsof die momenten verbonden waren met het huis waar hij al zo lang woonde: hoe het licht viel op de leigrijze daken, het eerste dat hij 's ochtends vanuit zijn bed zag; met het uitzicht vanaf zijn balkon aan de achterkant waar hij, als het even kon, 's avonds at. Altijd viel er wel iets te beleven. Hij herinnerde zich nog de geluiden van spelende kinderen, in de tuin beneden, de eerste keer toen hij voor Dédé had gekookt. Zwiepende springtouwen, een aftelrijmpje in een taal die hij niet verstond. De vrouw die aan de overkant lakens binnenhaalde, en met een mand wasgoed op de heup nog even naar hen zwaaide voor ze weer naar binnenging. 'Kijk, iedereen ziet hoe verliefd we zijn,' had Dédé gezegd. Stel dat geluk een tere plant was die je niet zomaar kon verpotten.

Dédé had na verloop van tijd op een ander, groter huis aangedrongen, want in de Wilhelminastraat voelde ze zich toch te veel op bezoek. Wat ze ook aan de inrichting veranderden, het bleef een huis waar Jaap een heel verleden had liggen. Een verleden, natuurlijk, hij was geen veertien meer maar veertig, dan torste je nu eenmaal een verleden met je mee. Je hoefde niet in zielsverhuizing te geloven om dat te begrijpen. Wie je ouders waren, de goede en de kwade feeën rond je wieg, oud zeer – dat speelde altijd een rol, iedere dag, ieder uur van je leven, bij iedere ontmoeting.

Op de parkeerplaats werd luid getoeterd. Twee chauffeurs riepen elkaar iets toe, maar werden overstemd door een blèrende radio. Aan de andere kant van de lijn zweeg Edith, ze had zeker een vraag gesteld, maar wat, waarover?

'Momentje, Edith, ik kijk even of ik Berends auto al zie.' Hij zag de groene Volvo-stationcar wel, maar Berend zelf was nergens te bekennen. 'Hij zal in de loods zijn, hij belt je zodra hij binnen is, goed. Ja heus, ik zeg dat je geprobeerd hebt hem te bereiken.'

Op het moment dat hij Berends kamer verliet hoorde hij de lift zoemen. Eindelijk, daar was Carla. Vroeger liep zijn secretaresse de drie trappen naar boven, sinds ze zwanger was nam ze de lift.

Het was niet Carla, maar Berend die even later zijn hoofd om de deur stak en met een meesmuilend lachje vroeg wat dat muisje naast de vingerplant op de gang te zoeken had.

'Muisje?'

'Ze ziet er zo sneu uit, alsof ze meedoet in een filmpje tegen dierproeven.'

'Een sollicitante,' zei Jaap terwijl hij zijn laptop zo draaide dat Berend het huis wel moest zien, 'heeft een afspraak met Carla, maar die is er nog niet. Is jou iets bekend van een doktersafspraak waardoor ze later zou komen?'

'Nee, maar zwangere vrouwen zijn soms wat vaag. Vaag en traag.'

Was het maar bij deze mannenpraat gebleven. Even schoot het door Berend heen: ik moet hier weg. Er wordt iets van me verwacht waar ik geen zin in heb. Ik ga verkeerde dingen zeggen, ik voel het. Maar hij negeerde mijn ingeving, hij rook bloed. Hij kon de verleiding niet weerstaan en deed alsof hij de foto van het huis niet zag. Kortaf vroeg hij waarom Jaap gistermiddag niet op de vergadering was geweest: interne bewaking, toch geen onbelangrijk onderwerp?

Niet alleen de vraag trof Jaap onaangenaam, maar vooral de toon. Zo achterdochtig en beschuldigend, alsof hij die diefstallen had gepleegd. Vrijdag had hij toch al aangekondigd dat hij maandag eerst naar de vestiging in België moest, en daarna direct door naar de makelaar om hun laatste bod te bespreken. Gewoonlijk onthield Berend dit soort dingen, sinds hij hier de leiding had was de sfeer in het bedrijf veel informeler geworden.

''s Ochtends Brussel, het verslag krijg je zo. 's Middags moesten we de knoop doorhakken. Het huis, waar we al weken omheen draaien, weet je nog?'

'O, ja het huis... het huis aan het water,' zei Berend. Hij was het dus niet vergeten.

'Nou kijk, dit is het dan. Ons huis. Zodra er een

tafel staat en een paar stoelen wijden we het in met een feestje. Jullie zijn ook uitgenodigd, bij dezen.'

Er viel een stilte. Berend staarde naar het scherm, hij reageerde niet, van zijn gezicht viel niets af te lezen. Daardoor begon Jaap zelf maar te ratelen over het aantal slaapkamers, de twee badkamers, een zee van licht, en uitzicht naar alle kanten, ja dat was nog eens wat anders dan dat bovenwoninkje waar hij al twaalf jaar woonde.

Berend knikte zuinig. 'Wat kost zo'n huis nou tegenwoordig?'

'Drieënhalve ton.'

'Euro?'

'Ja, wat denk jij dan! Dédé heeft ook een goed salaris,' voegde hij er vlug aan toe. Diep in zijn hart vond hij dat niemand er iets mee te maken had hoe hij de financiering rond kreeg, maar toch voelde hij de behoefte uit te leggen hoe hij zich deze stap kon veroorloven. Misschien kon hij Berend in vertrouwen nemen. Hij keek hem van opzij vragend, bijna smekend aan.

Hoe moet dat dan als we kinderen willen, had hij Dédé gevraagd toen ze een streep onder hun laatste berekening had gezet. Haar armen om hem heen: we hebben toch nog alle tijd? Ja, zij, zíj misschien wel, zij was net dertig. Technisch gesproken, in theorie kon hij op zijn vijftigste nog vader worden en op zijn tachtigste ook, maar hij wilde het niet nog jaren en jaren uitstellen. Natuurlijk, zij moest de kinderen dragen, baren, dus moest zij beslissen wanneer ze eraan toe was. Hij vreesde alleen dat ze het moment voor zich uit zou blijven schuiven. Dat het kind aan die veel te hoge hypotheek werd opgeofferd. Aan de hypotheek op een huis waar ruimte was voor wel drie kinderen. Misschien was hij te meegaand geweest, uit gemakzucht, bang dat zij zou zeggen: neem jij dan eens het initiatief.

'Het enige probleem is dat ze dan altijd moet blijven werken, fulltime.' Hij probeerde zo luchtig mogelijk te klinken. 'Maar ja, we willen ook graag kinderen, op den duur, al heeft dat natuurlijk geen haast...'

Berend onderbrak hem.

'Drieënhalve ton, allemachtig, nou dan zit er zeker een flinke lap grond omheen?'

'Aan de straatkant alleen een strookje, maar dat ligt op het noorden, de achterkant die dus eigenlijk de voorkant is kijkt uit op het water.'

Berend boog zich over het scherm. 'Water? Waar dan, ik zie geen water.'

Jaap streek met zijn vinger over het glooiende grasveld, naar beneden. Daar zouden ze een terras aanleggen om na het werk een borrel te drinken. De trap naar het water was er al, ze konden zo wegroeien, in de avondschemering picknicken tussen het riet. Als hij zich dat voorstelde twijfelde hij geen seconde meer.

'Hier, zie je?'

'Die sloot?' Berend schoot in de lach, Jaap voelde zich van top tot teen van kleur verschieten.

'Deze foto geeft een vertekend beeld. In het echt

is het een stuk breder. De buren hebben er zelfs een boot liggen.'

'Is er al een steiger dan, of laat je die nog bouwen?'

'Een roeibootje bedoel ik, die leg je aan een paaltje. Meer hoef ik ook niet, ik ben niet zo'n botenman.'

Zonder de foto weg te klikken, klapte hij het scherm dicht, graaide met zijn ene hand naar de post terwijl hij met zijn andere hand zijn koffer oppakte. Hij kreeg het codeslot niet meteen open, wat niet zo erg was geweest als Berend niet, nog steeds, over zijn bureau hing en hem op de vingers keek.

'Als er kinderen komen,' begon Berend.

Jaap hapte naar lucht, hij moest naar buiten, een sigaret roken.

'Nou, zover is het nog niet, hoor. Mijn vriendin houdt van d'r werk, misschien komt het er wel nooit van. Ook best.'

'Maar áls, dan mag je wel een hek om je tuin heen zetten,' zei Berend. '"Mijn broertje kende nog geen kroos...", dat gedicht ken je toch zeker wel?'

Pas toen Jaap de kamer uitvluchtte, herinnerde hij zich Ediths verzoek, het was belangrijk, had ze gezegd – hij besloot het telefoontje te vergeten. Het was niet voor het eerst dat Berends stemming van het ene moment op het andere omsloeg. Hij deed wel reuze joviaal, maar het betekende niet veel. Zijn hartelijkheid was voor iedereen bedoeld en niemand in het bijzonder. Het werd tijd dat ze weer eens wat zakelijker met elkaar omgingen, geen kiekjes bekijken, geen amicaal gebabbel met elkaars vrouwen over verhuizingen en de kinderen, de kinderen... Kon het misschien één keer ergens anders over gaan?

Op weg naar de lift viel zijn blik op de sollicitante. Ze had het jasje van haar mantelpak uitgetrokken en over de armleuning van de leren bank gelegd. Dat iemand aan het eind van de zomer zo wit kon zijn, ze leek wel een albino. In zichzelf verzonken krabde ze aan een korstje op haar arm. Toen ze hem zag liet ze het met rust, maar greep onmiddellijk het uiteinde van haar paardenstaart en wond hem om haar vinger.

Alles aan dit frunnikende wezen stond hem tegen, maar hij zou zich niet laten kennen. Niet doen, zij kon het niet helpen, zij stond hier buiten. Met een brede grijns bood hij haar nog een kop koffie aan, zonder het antwoord af te wachten wierp hij een munt in de automaat.

'Ik heb het nagevraagd en niemand hier weet iets van een andere afspraak, dus ze kan elk moment binnenkomen. Het verbaast me dat ze nog niet gebeld heeft, dat is niks voor Carla. Suiker, en veel melk... een sloot melk, als ik het me goed herinner?'

De derde schakel

Terwijl Jaap over het parkeerterrein ijsbeerde en bijtende trekjes van zijn filtersigaret nam, stond Carla nietsvermoedend in de file. Wat ik zag hoef ik niet te beschrijven, sinds mensen zich door de lucht kunnen verplaatsen is het beeld van zo'n eindeloze rij stilstaande dinky toys niets bijzonders meer. Uitzonderlijk is het pas wanneer iemand naar zichzelf kijkt alsof ze zich op afstand bevindt. Zo iemand leek Carla me op het eerste gezicht. Ze deed haar best kalm te blijven en sprak zichzelf streng toe. 'Niks aan te doen, dit is overmacht. Wind je niet op, is niet goed voor je bloeddruk.'

Ze had juist vroeger willen zijn vandaag om in alle rust die sollicitatiebrief nog eens over te lezen. Maar doordat ze vijf, nou ja, hooguit tien minuten later dan anders van huis was gegaan, zat ze nu in de problemen. Als ze nu eens níét op de valreep de was in de machine had gedaan, haar hand in de zak van een spijkerbroek had gestoken, waardoor ze even later met het sleuteltje van het slot van de racefiets van haar man in de hand stond. Een vondst waarover ze Anton meteen wilde bellen, want hij liep er al dagen naar te zoeken. Had ze het telefoongesprek kort gehouden, dan was er nog niets aan de hand geweest, maar ze waren toch weer aan de praat geraakt over die film van gisteravond. *L'argent* was het verhaal, of eigenlijk een snoer van verhalen, over een vals bankbiljet en de mensen die het in hun argeloosheid aanpakten. De film bracht aan het licht wat het bedrog overhoop haalde, kapotmaakte. Waar, vroegen ze zich af, bij wie had die keten van leugens doorbroken kunnen worden?

Recht voor haar, in de verte, steeg een rookkolom boven de weg op. Op de vluchtstrook reed een politiemotor voorbij met zwaailicht en loeiende sirene, even later gevolgd door een brandweerauto en een ambulance. Haar jurk plakte aan haar rug, ze had het gevoel dat ze haast geen adem meer kreeg, en klikte de veiligheidsgordel los. Dat telefoontje over een fietssleuteltje was een excuus geweest. Ze had Anton gebeld omdat ze betwijfelde of hij nog wist dat hij vanmiddag al om vijf uur thuis moest zijn om de timmerman op te vangen, die de dakkapel in de kinderkamer kwam maken. Ze legde haar hand op haar buik en streek met haar duim over haar navel. Als het waar was dat een ongeborene kalm werd van Mozart, gold het omgekeerde misschien ook en raakte hij van slag door sirenes.

'Rustig maar... Ik beloof je dat ik de andere kant op kijk,' sprak ze bezwerend.

Er was al een heleboel in het kind aanwezig, eigenschappen die klaarlagen in de genen, leuke en minder leuke trekjes waarop zij geen enkele invloed had. Maar ze deed wat ze kon om het gezond ter wereld te laten komen, ze was gestopt met roken en drinken, en slikte foliumzuur. Soms was het haar vreemd te moede, deze nieuwe verantwoordelijkheid, de voortdurende afweging of iets wel goed was voor iemand die ze nog niet kende. Wie weet voltrok die verandering zich bij een man later, pas als hij het kind kon vasthouden. Waarschijnlijk was het nog altijd niet werkelijk tot Anton doorgedrongen dat hij vader werd, en deed hij daarom zo onverschillig over een afspraak die hij zelf had gemaakt.

Toen ze stapvoets rijdend de plek des onheils naderde, lukte het haar toch niet haar blik af te wenden. Door het open raampje rook ze de geur van verbrand rubber, vlug draaide ze het omhoog. Het was onmogelijk de jongen in zijn spierwitte overhemd op de vangrail niet te zien. Hoe oud zou hij zijn? De verdwaasde blik in zijn ogen gaf hem iets leeftijdsloos, hij kon achttien zijn, net zijn rijbewijs hebben, maar ook dertig. Een meter of tien verderop lag een uitgebrand bestelbusje ondersteboven in de berm, niet ver daar vandaan een vrouwenschoen, een elegant goud sandaaltje met een hakje. Twee ziekenbroeders schoven een brancard in de ambulance. Het lichaam was bedekt met een laken, het hoofd kon ze niet zien.

Er ging een rilling door haar heen, de haartjes in haar nek stonden recht overeind. Het was alsof het nu, opgesloten in haar auto, pas tot haar doordrong: het leven, ook het leven van het kind in haar buik, kon in één seconde afgelopen zijn. Uit. Door een tegenligger die had zitten suffen, door een vallende dakpan, een brekende tak, een klap tegen je slaap.

Over drie maanden was het zover; zodra de navelstreng was doorgeknipt, kon ze haar kind niet meer beschermen. Ze kon het tussen hen in laten slapen, de wieg aan het voeteneind zetten, het in een zak op haar buik dragen tot het te zwaar werd, overal met zich meenemen, maar uiteindelijk zou ze het niet kunnen beschermen tegen dit... Ieder jaar dat hij groter en sterker werd zou hij verder van haar vandaan willen, eerst op een driewieler, later op de fiets, op een brommer.

Ze keek naar haar buik. 'Kun je daar niet beter blijven zitten?' Ze zag een kleuter voor zich, een kind, een jongen – waarom wist ze niet, maar ze wist zeker dat het een jongen was – een man, nog altijd in foetushouding, en zij groeide mee, werd een reuzin met een volwassen vent in haar buik, die een pak droeg met een krijtstreepje, en een bolhoed. Hij speelde met een set autosleutels alsof het een rammelaar was, ze hielden contact via klopsignalen en eens in de zoveel tijd liet ze in het ziekenhuis een echoscopie maken om te weten hoe hij er nu uitzag. Maar hoe moest dat dan als zij doodging? Ging hij dan ook dood, of werd hij dan pas geboren, baarde ze hem op haar sterfbed? Ze begreep niet waarom ze nu moest huilen. Door dat gouden sandaaltje in de berm, de gedachte aan haar eigen dood, of doordat Anton de afspraak met de timmerman was vergeten.

Voor ze uit de auto stapte stiftte ze haar lippen bij, en zette een zonnebril op om haar betraande ogen te bedekken. Nu vrijwel niets in haar klerenkast haar meer paste en ze uitsluitend hobbezakken kon dragen, leefde ze zich uit op dure schoenen. Zaterdag had ze ook een nieuwe leren tas gekocht en deze Gucci-bril. Maar na dat ongeluk op de ringweg kwam die aanschaf haar plotseling overdreven voor, protserig, spilziek.

Naast de ingang stond Jaap tegen de muur geleund. Hij zag haar niet, gooide net zijn peuk op de grond en trapte hem met een draaiende beweging met de punt van zijn schoen uit. Hij bleef er maar mee doorgaan, alsof ieder spoor van de peuk moest verdwijnen. De klap van het portier deed hem opkijken; hij knikte haar toe en liep naar binnen. Zonder zich te haasten sloot ze het portier af en begaf zich langzaam naar de ingang. Het had niets te maken met haar dikke buik dat ze zich wat inhield, ze wilde domweg niet tegelijk met hem in de lift naar boven. Volgens het bordje naast de knoppen kon hij 450 kilo omhooghijsen of zes personen, maar voor één persoon was het eigenlijk al aan de krappe kant. Als ze de lift met iemand moest delen, kreeg ze altijd van die dwanggedachten: ze stonk naar zweet, of uit haar mond, ze kon haar plas niet ophouden, niets meer ophouden en de lift bleef een paar uur tussen twee verdiepingen in steken.

Bij de open liftdeur stond Jaap haar op te wachten. Blijkbaar zag hij haar aarzelen want hij zei: 'Ik zou de lift maar nemen, anders ben je nog weer een kwartier later.' Een grafstem, geen greintje spot.

'Misschien ben je het vergeten, maar er zit al vanaf negen uur een sollicitante op je te wachten.'

Ze trok haar wenkbrauwen op en voegde zich bij hem.

De deur sloot niet meteen, het was nog niet te laat. Stijfjes stonden ze naast elkaar zonder een woord te zeggen. De muzak die meestal voor wat afleiding zorgde, al was het maar omdat iedereen zich erover beklaagde, was door een los draadje het zwijgen opgelegd. Stilte, daar moet ik het van hebben... Wees op je hoede, Jaap, fluisterde ik hem in, maak van de scherf in je hart geen dolk. Doe wat je van plan was, Carla, neem de trap, of loop nog even langs de receptiebalie, verzin iets!

'Ik stond in de file,' antwoordde Carla, terwijl de lift zich in beweging zette. Ze broedde op een grapje om de spanning te doorbreken maar kon niets bedenken, want steeds zag ze die keurig geklede man voor zich, in haar buik. Op de tweede verdieping stopte de lift, langzaam zoefde de deur open, maar er stond niemand, unheimlich vond ze dat, altijd al, en nu helemaal. Eindelijk, na wat haar een eeuwigheid toescheen, zette de lift zich opnieuw in beweging. Ze drukte zich tegen de achterwand om de afstand tussen Jaap en haar zo groot mogelijk te maken. Om de een of andere reden leek het alsof Jaap haar met opzet de lift had ingelokt. Maar waarom? Hij had nooit geprobeerd het met haar aan te leggen, was nooit verder gegaan dan de opmerking dat hij haar zachte g onweerstaanbaar vond. Zeg nog eens gezellig, Carla, of geweldig. Ineens werd ze bang dat hij zich tegen haar aan zou drukken – zwanger of niet – haar jurk omhoog schuiven, zijn gulp openritsen... Ze moest hem afleiden.

'O ja, wat ik me afvroeg: is het nog rondgekomen met jullie woonboot?'

'Welke woonboot?'

'Die boot, waar jullie al een paar keer naar zijn wezen kijken? Iemand had het erover, gisteren in de kantine, een verbouwde tjalk of zo?'

'Een huis, aan het water, geen tjalk. Mijn hemel, wat wordt er toch veel gekletst hier. Hebben jullie niets beters te doen? Bij mijn weten heb ik het er alleen met Berend over gehad.'

'Maar hebben jullie nou al wat besloten?'

'Ja, het is rond.'

'Geweldig, gefeliciteerd.'

Hij knikte en liet zijn blik op haar buik rusten. Dit was een mannenbedrijf en ze was wel wat gewend, ze had zo haar trucs. Als een chauffeur zijn blik steeds langs haar borsten liet glijden, legde ze haar arm kruiselings over haar blouse en deed alsof ze kriebel had in haar hals of nodig iets aan haar kraagje moest verschikken. Maar haar buik was te groot om met een tas of een terloops gebaar aan het oog te onttrekken.

Terwijl Jaap nog steeds merkbaar zijn best deed niet naar haar navel te staren, die al een paar weken geen putje meer was, maar een uitstulpend ringetje van vlees dat door haar linnen zomerjurk al te zichtbaar was, begon hij haar de les te lezen. Ze hadden er alle begrip voor dat zij zo nu en dan naar de dokter moest, zolang het niet ten koste ging van het werk.

IJzig kalm trok ze de zonnebril van haar neus en telde in gedachten tot tien. Goed, ze werkte voor hem, welbeschouwd was hij haar meerdere, maar zo gingen ze hier niet met elkaar om.

'Wat is er met jou aan de hand, Jaap? Met je verkeerde jasje uit bed gestapt?'

Zijn neusgaten sperden open tot grote donkere gaten, holen waarin van alles te zien was. Haartjes, een schilfertje snot dat op zijn steeds sneller wordende ademhaling heen en weer bewoog. De lift stond stil, de ding-dong maakte een eind aan hun gesprek, en de deur ging open. Beleefd liet Jaap haar voorgaan maar toen ze hem passeerde, legde hij zijn hand om haar pols.

'Ik hoop alleen dat dit geen voorbode is van hoe het in de toekomst gaat, als het kind er is.'

Haar vingers klemden zich met zoveel kracht om haar nieuwe bril dat ze even dacht dat hij doormidden zou breken.

'Hoe bedoel je?'

'Dat je om de haverklap te laat komt, of helemaal niet komt opdagen als je kind ziek is. Dit is een dynamisch bedrijf, we moeten wel scherp blijven.'

Ze moest zich inhouden om zijn hand niet van haar pols te slaan, hem een knietje te geven. Maar ze schraapte alleen haar keel en zei dat als haar kind ziek was, haar man thuis zou blijven. Dat was prima geregeld, heus. Dat hadden ze van voor naar achter doorgesproken, 'maak je geen zorgen.'

Tegenover de lift zat een jonge vrouw die ze hier nog nooit eerder had gezien. Dat moest de sollicitante zijn voor de vacature op het callcenter, normaal gesproken zou personeelszaken dit afhandelen, maar daar was iedereen nog met vakantie. Met uitgestrekte hand liep ze op het meisje af, en putte zich uit in verontschuldigingen, met zoveel omhaal van woorden dat het wel een smoes leek. Ze ging haar voor naar haar kamer; daar griste ze een map uit de bovenste la van haar bureau en drukte hem tegen zich aan zodat het meisje niet kon zien wat erop stond. Op de wc zou ze nog vlug een blik werpen op de sollicitatiebrief.

Ze moest zichzelf even bij elkaar rapen. Als een dag zo scheef inzette, bleef het de hele dag wringen. Dan liet ze van alles uit haar handen vallen, wiste gegevens uit die bewaard moesten worden en kreeg met iedereen hooglopende ruzie, om niets. Eerst even wat water drinken, polsen onder de kraan, afkoelen.

Toen ze even later nog net zo geagiteerd de wc verliet, liep ze op de gang Berend tegen het lijf. Hij gebaarde naar de bank bij de koffieautomaat, waar nu niemand meer zat.

'Nee, niets zeggen! Alsjeblieft niet, niet jij ook nog eens. Ik weet het. Ik ben vreselijk laat, maar er was een ongeluk gebeurd. Ambulance erbij, bloed op de weg.'

Ze verwachtte dat Berend dit voor kennisgeving zou aannemen, terwijl hij haar in het voorbijgaan vast wat opdrachten gaf: zorg je ervoor dat, bel je nog even met, ik wil, je moet. Maar hij stond stil, alle kleur was uit zijn gezicht getrokken.

'Een ongeluk, een dodelijk ongeluk, waar?'

'Op de ringweg.'

'Wat is er gebeurd...? Was het, was er een Triumph bij?'

'Sorry, meisjes letten niet op merken.'

'Zo'n laag, rood sportautootje, je weet wel...' zei hij dwingend.

'Nee, ik dacht het niet, maar die auto was volledig uitgebrand. Mag ik er nu langs?'

Ze schoot hem voorbij naar haar kamer om nu eindelijk de sollicitante te woord te staan. Het ontging haar dat Berend midden op de gang stil stond en met een vinger peinzend over een schrammetje op zijn kin streek, terwijl in zijn kantoor de telefoon rinkelde en aan het eind van de gang iemand met een fax naar hem zwaaide. Het was de hoogste tijd om aan het werk te gaan, en ze trok de deur achter zich dicht.

Bij Swift stonden de deuren altijd open, dat was een ongeschreven wet, een dichte deur betekende: niet storen. Ach wee, nu was de sollicitante minstens een half uur volledig overgeleverd aan Carla. Nu kon niets of niemand in dat broeierige kamertje – waar een sterke verfdamp hing omdat Carla flink wat gele kleurstof door de latex had laten mengen – als bliksemafleider dienen.

Het spoor terug

Edith liep blootsvoets door de open erkerdeuren de tuin in, en keerde haar gezicht naar de zon. Als er één maand was waarvan ze zielsveel hield was het september. Als ze schilder was zou ze al haar doeken 'de negende' noemen, of 'nazomer'. Ze hield van het milde licht, de hortensia's en de rozen waren bijna uitgebloeid, de tuin had minder kleur dan een maand geleden, maar wat er nog aan kleur restte won aan diepte, je zag weer schakeringen in het groen nu de zon niet meer zo fel op de borders scheen.

Uit de belendende tuinen ving ze zo nu en dan een flard van een gesprek op; soms herkende ze een stem, een lachje, o ja, de achterburen waren weer terug uit Tsjechië, klopt, gisteren had ze hun camper voor de deur zien staan. Ergens anders werden kopjes op een tafel gezet, weer elders takken gesnoeid; ze hoorde messen over elkaar zwiepen, een droge tik, geritsel. Een paar huizen verderop was iemand aan het schuren, met de hand gelukkig, de wasmachine van de buren begon te centrifugeren zodat de ramen van de bijkeuken trilden in hun sponningen.

Niet alleen vanwege het licht en de kleuren hield ze van dit jaargetij, niet alleen omdat ramen en achterdeuren openstonden waardoor er een prettig soort intimiteit was tussen buurtgenoten van wie ze sommigen alleen van gezicht kende, maar ook omdat de dagen weer van haar waren. Haar moeder zong vroeger weleens een liedje, waarvan zij zich nu nog maar een enkel woord herinnerde, 'vrij!' en de regel die erop rijmde 'als het kind naar school toe moet, dan is de moeder blij.' Zo was het maar net. De kinderen gingen alweer voor de tweede week naar school; er was een eind gekomen aan zeven weken van gereis, van uitstapjes naar zwembaden en dierentuinen. Toch hing er nog steeds iets looms, mediterraans in de lucht. Als het even kon ontbeten ze in de erker met de deuren open, en 's avonds versleepten ze de tafel naar het laatste streepje zon, achter in de tuin, in de luwte van de oude met vlierbes begroeide muur die de warmte nog lang vasthield. Iedere dag werden er meer herfstdraden tussen de struiken geweven maar zij lieten zich niet verjagen door een paar spinnen. Na tafel bleven ze zo lang mogelijk buiten zitten, terwijl de kinderen op straat speelden of op het schoolplein aan de overkant.

Ze rekte zich uit en liep over het smalle kronkelende pad verder de tuin in naar het rozenperk. Straks zou ze nog wat uitgebloeide bloemen afknippen – wie weet, als het zulk weer bleef kwam er nog een nabloei – en niet vergeten dat blad van de berenklauw naast het schuurtje weg te kappen. De kinderen moesten er vlak langs als ze hun fiets pakten en de harige klauw veroorzaakte een soort brandblaar die nog dagen bleef jeuken. Straks... eerst dit, dan dat, bedenk maar weer tienduizend dingen, het lukt je toch niet, je kunt niet blijven volhouden dat dit een gewone, ontspannen septemberdag is.

Berend was knarsetandend naar zijn werk vertrokken, en dat zat haar niet lekker, helemaal niet. Ze liet de kinderen nooit boos inslapen en Berend liever niet grommend de deur uit gaan. Rusteloos drentelde ze het pad op en af, pakte een lege bloempot op, stond er even mee in haar hand en zette hem ergens anders weer neer. Maar als ze nu al niet meer wist door welke gedachte ze in haar halfslaap was besprongen, wat zich tussen hem en haar had gewrikt, kon het toch nooit iets belangrijks zijn? En dan hoefde ze er toch niet over in te zitten, laat staan zich bezwaard te voelen? Ze had het hooguit wat tactischer kunnen aanpakken, ze wist toch hoe hij was, soms wilde ze dat hij anders was, niet zo aanwezig, een beetje minder opdringerig. Overal waar hij binnenkwam bepaalde hij de sfeer. Hij vond de berenklauw die ver boven het fietsenschuurtje uittorende niet voor niets de mooiste plant van de tuin. Geduld, geduld, nog een jaar of drie. Na hun veertigste schenen mannen te veranderen, dan werden ze niet meer geregeerd door begeerte, dan kwamen de hormonen tot bedaren. Zolang hij maar niet al te bedaard werd, want het was ook vleiend dat hij na zeven jaar huwelijk nog dagelijks te kennen gaf dat hij naar haar verlangde.

Ze plukte een verschrompeld rozenblaadje af, wreef het tussen haar vingers fijn en rook aan haar vingertoppen. Behalve de weeë geur van uitgebloeide rozen rook ze nog iets anders, het kwam van verder weg, een geur van bederf. De vuilnisman was allang geweest; had iemand misschien een zak met vleesresten over het hoofd gezien? In de vakantie lieten mensen soms weken achtereen hun vuilnis in een schuurtje staan, om zodra ze terug waren al die broeiende gistende zakken tegelijk op straat te kwakken.

Langzaam liep ze terug naar de erker. Al een paar jaar achtereen probeerde ze haar agenda tot eind september zo leeg mogelijk te houden, om de zomer te rekken. De meeste patiënten, voornamelijk hoogbejaarde mannen en vrouwen met versleten gewrichten, waren nog, of pas, met vakantie. In september deed ze hooguit drie behandelingen per dag, ze begon niet voor twaalven en was alweer klaar wanneer de kinderen uit school kwamen. De ochtenden scharrelde ze wat in huis en in de tuin, waste de gordijnen van de praktijkkamer, klussen waar ze de rest van het jaar niet aan toekwam.

'Wat is daar mis mee?' zei ze hardop, en ze trok de ceintuur van haar ochtendjas met een ruk strakker aan. Het was dat mens van gisteren, de hele ochtend zeurde de vraag door haar hoofd: wat was er toch gebeurd vanochtend vroeg, welke herinnering, aan wie, maakte dat ze Berends hand wegduwde? Nu ineens wist ze het weer.

Ze waren al geen vriendinnen geweest tijdens de opleiding in Utrecht, maar toen ze haar gisteren bij de supermarkt tegenkwam, verbaasde ze zich over het venijn in Helmi's toon, alsof het een vloeistof was die door het liggen nog zuurder was geworden. Vroeger, in hun studententijd was het er al, het onuitgesproken verwijt dat Edith het maar makkelijk had, een zondagskind was – zij wel, de duivel schijt op de grote hoop. Edith woonde op een zolderkamer in een groot oud huis van een tante, Helmi vond pas na maanden zwerven een kamertje met uitzicht op een blinde muur. Edith kon al haar tijd aan haar opleiding besteden, Helmi moest erbij werken om rond te komen. Als Edith halverwege de maand geen cent meer had, kon ze altijd bij haar tante aankloppen, wat ze nooit deed omdat ze per se op eigen benen wilde staan, maar inderdaad: in geval van nood had het gekund. Ze straalde iets zelfverzekerds uit dat Helmi razend maakte.

Na al die jaren was het er nog steeds: jij wel, ik niet. Het eeuwige vergelijken. Het leek belangstelling, vragen die je elkaar nu eenmaal stelt, maar Helmi's zuigende nieuwsgierigheid kwam niet voort uit interesse, noch uit beleefdheid. O, je hebt praktijk aan huis. Goh, in een verbouwde garage. Mooi, je werkt maar twintig uur en binnen de schooltijden, wat een luxe, dat zouden we allemaal wel willen, Edith, maar niet iedereen heeft een rijke man. Om de verwarring nog groter te maken deed Helmi toen ineens reuze hartelijk: wat toevallig dat wij elkaar hier tegen het lijf lopen, laten we eens iets afspreken.

Waarom was dat gesprek haar vanochtend te binnen geschoten, uitgerekend op het moment dat haar helemaal niet zo rijke man – een opgeklommen fietskoerier, zoals hij zichzelf noemde – haar verleidde? Ze gaf het grif toe: ze hield van haar werk maar ze was niet erg ambitieus. Ze had wel eens een aanbod gekregen, maar ze had geen zin in een groepspraktijk in een zorgcentrum te moeten vergaderen en verantwoording afleggen waarom ze een patiënt zus behandelde en niet zo. Vaak nam ze een patiënt mee naar binnen om thee te drinken en wat te praten, want veel pijntjes en oudemensenkwaaltjes kwamen voort uit eenzaamheid. Soms gaf ze iemand een massage waar een ander ingewikkelde oefeningen met hem zou doen, omdat ze wist hoe goed het deed om aangeraakt te worden, een hand over je huid te voelen strijken.

Eén keer was ze daarin te ver gegaan. Ze was bezig haar handen met een naar muskus geurende massageolie in te smeren, toen een patiënt – een beverig mannetje dat met ontbloot bovenlijf in een te grote onderbroek voor haar op de behandeltafel lag – met een verbazingwekkend krachtig gebaar haar rechterhand had gegrepen, en die doelbewust naar zijn kruis had gebracht. Voor ze zich kon afvragen of ze er wel verstandig aan deed, had ze hem gestreeld en gekneed tot hij kreunend in haar handen was klaargekomen. 'Zo, lucht dat op?' 'Enorm, enorm,' had hij gestameld. 'Dank je, je bent zo lief.'

Hoe ze hem bij een volgende afspraak onder ogen moest komen, wist ze niet. Lang had ze er niet van wakker gelegen, want een paar dagen later had ze bericht gekregen dat de man gestorven was, en toen was ze alleen maar blij dat ze hem nog een moment van genot had kunnen geven.

Misschien was ze te slap, een beetje lui ook; al haar vriendinnen liepen hard om dun te blijven maar zij slenterde liever, en nog veel liever zat ze in een stoel een boek te lezen. Als ze niet uitkeek zou ze met de jaren steeds molliger worden, niet in de laatste plaats omdat ze geen nee kon zeggen tegen de Weesper moppen, de Limburgse vlaaien, de Friese suikerbroden waarmee haar patiënten hun genegenheid betoonden. Zij deed de dingen nu eenmaal graag op haar gemak, en sliep liever negen dan acht uur. Als zij daarmee leven kon, waarom stak zo'n opmerking van Helmi haar dan zozeer dat ze een etmaal later, alleen al door de herinnering eraan, zich kregel van Berend had afgedraaid? Ze kon het hem niet eens uitleggen als hij dadelijk terugbelde – trouwens, waarom had hij nog steeds niet teruggebeld, er zou toch niets gebeurd zijn?

Op de tegels van de oprit klonken voetstappen. Vlug glipte ze de erker in en drukte zich tegen de boekenkast aan zodat ze vanaf de voordeur niet zichtbaar was. De bel zoemde, en zoemde nog eens, langer nu. Even later kwamen de voetstappen dichterbij, en zwenkte het hekje tussen voor- en achtertuin krakend open.

'Mivrouw? Edith, ben jij thuis?'

Het was de stem van Miriam. Vreemd, het was niets voor haar om zich een dag te vergissen, dinsdagochtend had ze toch altijd Nederlandse les? Terwijl ze met haar hand de revers van haar ochtendjas bij elkaar hield, liep ze Miriam met tegenzin tegemoet.

'Ja, ik ben thuis.'

'Griep?' vroeg Miriam met een blik op de peignoir.

Edith schudde het hoofd, en zei dat het wat laat geworden was gisteravond. Ze zorgde er altijd voor dat ze aangekleed was als Miriam kwam schoonmaken. Als ze geen patiënten had ging ze een kast opruimen, of stortte zich op de administratie, vergeefse pogingen om het verschil te verdoezelen tussen haar en deze vrouw, die alles moest aanpakken om te overleven.

Toen ze Miriam wat nauwkeuriger opnam, besefte ze dat er van een vergissing geen sprake kon zijn. Kwam ze werken dan droeg ze een oude trainingsbroek en een T-shirt, nu had ze een rok aan en een roze blouse die ooit van haar was geweest. Eigenlijk nog best een mooie blouse, modieus met dat kleine ruitje en die driekwart mouw en die brede manchetten, misschien had ze hem toch te impulsief weggegeven.

Alweer bijna een jaar werkte Miriam hier. Om haar geen problemen te bezorgen gaf Edith daar geen ruchtbaarheid aan. Miriam woonde met haar gezin in een stacaravan op het terrein van het asielzoekerscentrum en mocht helemaal geen betaald werk doen. Op het schoolplein waren ze aan de praat geraakt, een moeizaam gesprek, want Miriam worstelde toen nog met de taal. Ze husselde hebben en zijn door elkaar, en had, toen het gesprek op huisdieren kwam, met iets van heimwee in haar stem verteld dat ze in Afghanistan een hond was geweest.

Edith keek naar het papiertje in Miriams hand, het was geen acceptgirokaart en ook geen rekening. Miriam zag eruit alsof ze geen oog had dichtgedaan, nee, ze wilde geen koffie, en ook geen glas water. Nerveus streek ze het papiertje glad, alsof het een belangrijk document was, voordat ze het ten slotte overhandigde: het was een smal etiket, van iets afgescheurd zo te zien, en scheef op een dubbelgevouwen blocnotevel geplakt.

'Jij moet mij helpen.'

Toen zijn vrouw hem belde, iets wat ze anders zelden deed, was Berend even bang dat er toch iets was wat ze hem liever niet recht in zijn gezicht zei. Maar Edith belde niet met een verwijt, en evenmin om hem iets op te biechten. Haar stem was lager dan gewoonlijk, en ze praatte ook langzamer. Dat deed ze altijd als ze iets van hem wilde waar haast bij was. Terwijl ze hem het probleem voorlegde, voelde hij zich weer wat steviger in het zadel zitten.

Met zijn ene schouder klemde hij de hoorn van de telefoon tegen zijn oor, met de andere hand maakte hij alvast wat aantekeningen om snel te kunnen overzien wat er gebeuren moest. In dit geval leek het hem verstandig niet op het pakje te vermelden wat erin zat. Hij draaide zijn bureaustoel een halve slag naar de wereldkaart achter hem. Die kaart was het eerste dat hij vanochtend weer aan de pas gewitte muur had teruggehangen; een rode stip voor elke vestiging van Swift, de groene stippen waren vliegvelden. Andere medewerkers hadden die kaarten alleen in hun computer staan, maar hij vond zo'n kaart van papier, waarin de vouwen nog zichtbaar waren, veel concreter. Zodra er ergens in de wereld een vestiging bij kwam haalde hij een nieuwe stip uit het stippendoosje in de bovenste la van zijn bureau, plakte hem op de kaart, waarna hij hem met zijn duim nog eens aandrukte.

Tot Kabul kon geen probleem zijn. Maar daarna? De rest van de route moest over land worden afgelegd. In sommige gebieden waren de wegen nog versperd, misschien zelfs door landmijnen. Het beste was een privékoerier inschakelen die het pakje, op wat voor manier dan ook, desnoods via geitenpaadjes, naar Miriams dochter in Kandahar bracht.

'Goed, ik zal zien wat ik voor haar kan doen.' Hij draaide weer terug, streek met zijn vinger over de billen van de olifant voor hem op het bureau. 'Verder nog wat?' Ja, zei ze, er was nog iets. Schutterig bekende ze hem wat haar dwars zat, al de hele ochtend. Het was verkeerd dat ze uit elkaar waren gegaan zonder het bij te leggen. Hij wierp een blik door de openstaande deur van zijn kamer naar de gang of er niemand langs liep en dempte zijn stem.

'Ik was het allang vergeten, maar nu jij erover begint: je moet me niet eerst opvrijen en me daarna wegduwen. Daar kan ik niet tegen.'

Hij hoorde haar een zucht slaken, maar haar antwoord ontging hem. Toen hij beschaamd uit het raam keek, viel zijn oog op een stofje dat in een baan zonlicht zweefde. Hij zag zichzelf, een jongetje in een wit badjasje spelend op een Perzisch tapijt, starend naar een streep zonlicht waarin honderden stofjes zweefden. Het jongetje fantaseerde dat hij, net als dat stofje, in die baan licht kon opstijgen, door de kamer vliegen, de kristallen perendrupsen van de kroonluchter aanraken. Toen brachten zijn fantasieën alleen maar geluk teweeg, alleen maar meer vrijheid.

Laat het los, dacht hij, alsjeblieft. Zet je trots opzij. Maak het haar niet zo moeilijk. Hij slikte, slikte nog eens.

'Ik stel me aan. Laten we er geen drama van maken. Een mens kan toch wel eens geen zin hebben.'

'Ik had wel zin, maar...'

'Als ik jou was had ik allang schoon genoeg van mezelf.'

'Maar ik hou van je, idioot,' zei Edith. En terwijl ze hem beloofde dat ze de schade zouden inhalen – vanavond, zodra de kinderen in bed lagen, nee, hoe precies wilde ze niet zeggen en ook niet wat ze aan zou trekken, de lange, doorschijnende zwarte met de gesplitste dunne bandjes, of die strakke met de honderd haakjes –, dwaalde zijn blik naar het parkeerterrein waar koeriers met pakketten in alle maten de loods in en uit liepen. Het was alsof de touwen om zijn lichaam werden doorgesneden, opgelucht legde hij de hoorn neer en ging aan het werk.

Aan iedere zending zat een verhaal vast. Minutenlang kon hij naar de pakketten kijken die op de lopende band voorbijgleden, de vrachtwagens in. Op het etiket dat iedere koerier bij ontvangst van een pak moest invullen stond een beschrijving van de inhoud, de waarde, het gewicht, maar dan nog was zijn nieuwsgierigheid niet bevredigd. Want waarom verstuurde iemand een sleutelbos naar de Kocherstrasse in Hinterglemm, een paar steunzolen naar Washington, een jacquet, een complete kampeeruitrusting, een hengel, een koffer met brieven naar een advocaat in Singapore, drie chocoladecakes naar Jeruzalem? Wat maakte de inhoud zo bijzonder, onvervangbaar, vanwaar die haast, waarom moest het per se voor veel geld binnen vierentwintig uur bezorgd worden? Voor hem was dat de romantiek van het werk: niet alleen de sensatie in verbinding te staan met de hele wereld, maar de gedachte dat ieder pakket een geheim bevatte waarvan hij slechts een glimp opving.

Jaap had het rapport op Carla's bureau willen leggen om te vermijden dat hij Berend onder ogen zou komen, en dezelfde lucht moest inademen als zijn baas, maar de deur van Carla's kamer was dicht. Ze was kennelijk nog steeds in gesprek met dat blonde meisje. Hij hield zich aan de code en klopte niet aan, en begaf zich naar de kamer van Berend, die hij al vanuit de gang achter zijn bureau zag zitten. Hij had zijn dozen al laten uitpakken, alles stond weer op zijn oude plek. Achter hem hing, behalve een kaart van de wereld, een kleurenfoto van de staf. Op de foto stond Berend naast hem, de armen amicaal om elkaars schouder, opgeheven blikje bier in de hand. Proost, wat hebben we het toch getroffen met elkaar! Zoals Berend daar nu zat, heen en weer draaiend op zijn leren stoel, had hij niets gevaarlijks, eerder iets van een dromerig kind in een speeltuin. Het was makkelijker geweest als hij schuimbekkend door zijn kamer had gelopen, of in de telefoon had staan schelden. Dan had hij nog kunnen denken dat Berend het vandaag niet speciaal op hem had gemunt, maar op de wereld in het algemeen.

Voordat hij de kamer binnenstapte rechtte hij zijn rug. Hij zou het rapport zonder commentaar op het bureau neerleggen, en maken dat hij wegkwam. Maar Berend sprong op zodra hij hem zag en zei: 'Wacht even, wat ik nog wilde weten, hoe is het afgelopen met die storing, met dat virus?'

Zo zakelijk mogelijk, zonder al te veel technische uitweidingen, legde Jaap uit hoe hij de vijandige aanval op hun bestanden in de kiem had weten te smoren. Het deed hem plezier te zien hoe Berend zich in bochten wrong om zijn gebrek aan kennis te camoufleren.

'Mooi, fijn, goh, tjee,' was alles wat hij wist uit te brengen, de sukkel.

Jaap wilde zich al uit de voeten maken, maar Berend sloeg zijn behaarde armen over elkaar alsof hij zeeën van tijd had, er geen belangrijker onderwerp bestond dan het huis in Hoofddorp. Het huis! Het bloed steeg Jaap weer naar het hoofd. Hij had zijn best gedaan het voorval van vanmorgen van zich af te zetten als kinderachtig gedoe, apenrotsgedrag, kleine jongens op het schoolplein: 'Zo, is dit nou je nieuwe fiets, ik dacht dat je een mountainbike wilde.' Maar nu Berend het zelf weer oprakelde... Hoe kon iemand zo bot reageren, zelfs al vond hij het niet meteen een geweldig pand, of een verpletterend uitzicht, of de prijs onbegrijpelijk hoog! Zelfs al zou hij van zijn levensdagen niet in een nieuwbouwwijk willen wonen, hij kon zich ten minste in een ander verplaatsen. Niet zo'n zure bek trekken – ja, nu was hij ineens een en al aandacht.

Argwanend keek hij Berend aan, bij de eerste de beste krenkende opmerking zou hij hem alsnog op zijn smoel slaan, maar er was niets neerbuigends meer in Berends toon te bespeuren. Met veel aplomb begon Berend hem te feliciteren zoals alleen hij dat kon, hij roemde hun doortastendheid, noemde het zowaar een bijzonder huis, kloek. Kloek was een groot compliment uit Berends mond, aantrekkelijke vrouwen waren altijd kloek en hadden een flink gemoed.

'Ik zou er maar niet meer over tobben.' Berend legde zijn arm om zijn schouder. 'Het is toch een mijlpaal in je leven, een nieuw begin, jullie eerste huis samen. Dat is bijna zoiets als trouwen. Geniet ervan, man!'

Jaap keek weg naar de houten olifant, die stond te glimmen in het zonlicht. 'O, maar... maar dat doe ik ook.'

'Je moet nooit te ver vooruitkijken. Als de lasten jullie te hoog worden, verkoop je het weer.'

'Ja, dat zegt Dédé ook steeds, alsof dat zo simpel is, de huizen staan steeds langer te koop.'

Enthousiast spreidde Berend zijn armen. 'Wie wil er nou niet aan het water wonen?'

Op het bureau rinkelde de telefoon, Jaap gebaarde dat hij ervandoor moest; op de valreep schoot het hem te binnen: 'O ja, wat ik je nog vergat te zeggen, Edith heeft voor je gebeld. Het was dringend, zei ze.'

'Weet ik.' Berend stak zijn duim omhoog en werd zo roze als de billen van de olifant.

Hoewel Jaap niet van plan was zijn argwaan meteen te laten varen, verliet hij Berends kamer toch in een andere stemming. Met verende tred liep hij de gang op, langs Carla's kamer, waarvan de deur nu weer half open stond. Hij liep er voorbij zonder zich te realiseren hoezeer hij – op zijn beurt – haar had gekleineerd, nog geen drie kwartier geleden.

Ergens die ochtend, tijdens de lunch misschien of als hij opnieuw in de lift stond, zou hij het zich herinneren. Vroeg of laat zou ze het hem zelf zeggen, recht in zijn gezicht, zo was ze wel, die maakte van haar hart geen moordkuil, althans niet langer dan nodig. Stel dat hij haar nu had aangeklampt en zijn excuses had aangeboden, dan nog was het te laat, want het kwaad was al geschied. Carla had zojuist het sollicitatiegesprek met de jonge vrouw uit Delft, wier naam ze nu alweer vergeten was, beëindigd. Ze haastte zich naar een vergadering die ze moest notuleren. Carla was nog in het gebouw, maar Elly M. was, nog bleker dan anders, in de lift gestapt, die haar naar beneden bracht naar de hal waar de glazen deuren al voor ze ze bereikt had opengleden om haar naar buiten te laten.

De uitzendkracht bij de receptie zei: 'Kijk uit voor het afstapje' en merkte niet dat haar groet onbeantwoord bleef. De man van de bewaking in zijn blauwe uniform met epauletten die zijn schouders breder moesten doen lijken, en die was aangenomen om uitgaande werknemers steekproefsgewijs te fouilleren opdat niets onrechtmatigs het gebouw werd uitgesmokkeld, keek niet op uit zijn krant. En zo kon het gebeuren dat een vrouw – op wie, had men geweten welk kwaad zij bij zich droeg en wat dit zou kunnen veroorzaken, onmiddellijk een klopjacht was ingezet om haar in quarantaine te plaatsen – ongehinderd het terrein van Swift verliet.

II

Ondergronds

Te voet op weg naar het metrostation voerde Elly het sollicitatiegesprek nog een keer, maar nu heel wat beter. Een beetje laat, treurtrut, mompelde ze tussen de snedige antwoorden door die ze nu wel paraat had. Vanochtend onder de douche, en ook tijdens het aankleden, en later in de trein van Delft naar Amsterdam had ze het zich nog zo vaak ingeprent: maak je zinnen af, duidelijk spreken, niet steeds zeggen 'leuk' maar ook eens 'interessant'. Niet 'spannend' maar 'een unieke kans', benadrukken dat je niet alleen Frans, Duits en Engels spreekt maar ook Zweeds. Ze had tegen het gesprek opgezien, maar het was een spanning die haar oplaadde. Als ze nerveus was werd ze vanzelf alerter, scherper, slimmer, een *lilla snille* beweerde haar vader. Dat was niet verkeerd, een telefoniste mocht geen grote mond hebben, maar ook zeker geen timide indruk maken.

Dat gehang op de gang, onder een klok die ze vanuit haar stoel niet kon zien maar wel hoorde tikken, had haar afgemat. Alsof het leven gestaag uit haar wegsijpelde. De opwinding was omgeslagen in een dof, drukkend gevoel achter haar oogleden alsof ze moest huilen of slapen, maar het niet kon omdat ze te veel koffie had gedronken, bekertjeskoffie die een of andere uitslover steeds voor haar neus zette voordat ze nee kon zeggen.

Ineens herinnerde ze zich dat ze als kind op school, na even van haar plaats te zijn geweest, in haar rekenschrift een verse klodder geelgroen snot had aangetroffen. Niet uit haar neus, maar van wie dan wel – en wat moest ze ermee? De bladzij eruit scheuren kon niet, de andere zijde van het papier was al beschreven en nagekeken. Vlug, voor de meester het zag, had ze het snot opgelikt. Pas toen ze uit het schrift opkeek, hoorde ze onderdrukt gegiechel, achter haar rug, en ook in de bank naast haar, ja overal om haar heen werd gegniffeld en gefluisterd.

Bij de gedachte aan die vernedering voelde ze zich nog ellendiger. Ze zou er wat voor geven om met een fles water naar het strand te gaan, alles van zich af te spoelen, dit suffe pakje te verwisselen voor een bikini, maar om halftwee moest ze alweer op de bank zijn.

Er stond geen zuchtje wind, de populieren langs het voetpad ritselden niet eens; zelfs in het koele tunneltje naar het metrostation tochtte het niet. Een krant lag uitgespreid op de grond, en leek wel vastgeplakt aan het beton. Toen ze er met een boogje omheen liep, zag ze een grote kleurenfoto van een wolkenkrabber waaraan de Amerikaanse vlag hing. Morgen was het de elfde september, vandaag dinsdag net als toen. De beelden van de instortende torens, vluchtende mensen, een man die met flapperend colbert als een afgeschoten engel naar beneden viel, zouden ook vanavond eindeloos op de televisie vertoond worden. Als ze weer in tranen uitbarstte zou ze ditmaal niet om die mensen huilen, maar om de puinhoop in haar eigen leven.

Ze herinnerde zich nog precies het moment waarop het nieuws van de aanslag bekend werd gemaakt. Ze had net iemand aan de lijn met een zwaar Tukkers accent, en daarna belde er niemand meer. Het personeel van de telefooncentrale klitte samen rond het televisietoestel in de kantine, sommigen begonnen meteen e-mails te verzenden. De theorie dat je maar vier handdrukken was verwijderd van de president van Amerika, bleek ook nu weer op te gaan. Iedereen kende wel iemand die iemand in New York kende, die weer een kennis was van iemand die in de Twin Towers werkte. Nu pas besefte ze dat als je in een paar handdrukken een van de slachtoffers had bereikt, de lijn naar een terrorist niet veel langer kon zijn.

Op een bankje op het perron zat een jongen, diep gebogen over een gootje zilverfolie waaronder hij de vlam van een aansteker hield. Zijn gezicht ging schuil achter de klep van zijn honkbalpet; zijn handen waren vuil, de nagels hadden brede rouwranden. Hij keek niet op of om, toch trok ze vlug de riem van haar schoudertas over haar hoofd en ging zo ver mogelijk bij hem vandaan staan. Ze zag het al voor zich: geld, huissleutel, rijbewijs en pinpas kwijt. Dat ontbrak er nog aan, op een dag als vandaag kon je alles verwachten, een ongeluk kwam nooit alleen.

Niet laten merken hoe bang je bent. Er gebeurt

je niets – die gedachte maakte haar iets rustiger, ze probeerde diep adem te halen en haar schouders te ontspannen. Achter haar klonken voetstappen, op hetzelfde moment kwam de trein naar het Centraal Station aanrijden. Twee meisjes met zwarte hoofddoekjes om, studenten waarschijnlijk van de nabijgelegen hogeschool, stapten tegelijk met haar in de lege wagon. Meestal ging ze met opzet naast, of tegenover, gesluierde vrouwen zitten, om hun vooral niet het gevoel te geven dat zij hen als vijand zag. Nu bleef ze staan en vermeed hun blik. Het stonk hier naar pis, en de vloer was plakkerig van de ingelopen kauwgum. De wanden waren volgeklad met zwarte en rode vilstift-*tags*, leuningen bekrast met een scherp voorwerp – een sleutel, de punt van een passer? De zitting van een bank was opengereten; door de scheuren in de bekleding kierde het schuimrubber, alsof ze in een etterende wond keek. Tweemaal per dag nam ze de metro en toch wende ze nooit aan deze smerigheid.

De trein reed weg. Ze greep zich vast aan een stang, viste een gratis krantje van een bank en liet zich zakken, op een schone, ongeschonden bank zowaar. Ze keek uit het raam, het eerste stuk van de rit was bovengronds, de vlaggenmasten van Swift werden steeds kleiner. Toen ze hier uitstapte, anderhalf uur geleden nog maar, was ze zo optimistisch geweest. Wie weet lag haar toekomst in dat gebouw? Ze zou achter een van die grote ramen komen te werken tussen mensen die ze nu nog niet kende, maar die ze vaker zou zien dan haar familie.

Ze zou weer ergens bij horen, en wie weet zelfs nieuwe vrienden maken.

Ze was ruim op tijd geweest om uit te zoeken waar ze moest zijn, 'u loopt er zo naartoe, het kan niet missen', het leek zo'n hoopvol begin. Maar toen die secretaresse met haar filmsterrenbril eindelijk ten tonele was verschenen, verdween ze meteen weer met een map waarop in grote letters stond: SOL. BRIEVEN. Dat kon maar één ding betekenen: ze had de brief waarop zij drie avonden had zitten zwoegen nog niet of nauwelijks gelezen. In die map zaten tientallen andere, minstens even geschikte, kandidaten, ze was een van de velen. Kansloos dus. Die Carla maakte een afwezige, om niet te zeggen verwarde indruk. Ze deed wel zo moederlijk met haar dikke buik en haar Brabantse tongval, 'gezellig toch, die gele muren', maar het was nep. Al vanaf de eerste vraag was duidelijk geweest dat het antwoord haar totaal niet interesseerde.

Wat dacht zo'n vrouw, dat ze gek was? Als ervaren telefoniste ontging haar zelden iets. De meeste vrouwen gebruikten hun oren alleen om hun haar naar achter te houden, maar zij kon luisteren. Haar oren waren haar gereedschap; zij bezat het talent om de domste vragen geduldig te beantwoorden. Bij de eerste de beste vraag hoorde ze wat voor vlees ze in de kuip had, of iemand een dringende vraag had of belde om te zeuren, of iemand werkelijk ongerust was over een ontbrekend bankafschrift van drie jaar terug, of over iets anders, dat niets te maken had met geldzaken.

'Zeg eens, Elly, waarom wil je hier werken?'
'Nou...eh... het lijkt me... eh... leuk.'
'Zo...'
'Ik bedoel: interessant, internationaal.'
'Wat zeg je: nietzosaai?'
Bij de herinnering aan deze openingszinnen en de meewarige blik van de vrouw kromp Elly in elkaar. De metro stopte, en reed weer door, maar ze keek niet meer op. Ze zag schoenen langsschuifelen; tenen in open sandalen, allerlei soorten tenen, lange dunne, worstachtig dikke, tenen met eksterogen, tenen als blozende wangetjes, tenen die jarenlang bekneld hadden gezeten in te nauwe schoenen. Soms rook ze ze. Liefst zou ze ter plekke in slaap vallen, slaapwandelend overstappen op de trein naar Rotterdam, slapend verder met de metro naar haar werk, haar afgang vergeten. Slapen en nooit meer wakker worden.

Leuk – hoe kwam ze erop, leuk, alsof er niets op het spel stond. 'Bij de bank waar ik nu werk gaan ontslagen vallen. Per 1 november sta ik op straat. Ik spel de advertenties, deze sprong eruit door het woord internationaal. In oude films zie je de telefoniste hectisch in de weer met snoeren en palletjes die ze in gaatjes steekt, als kind dacht ik al: dat wil ik later worden, een verbinding zijn, een schakel. Ja, nu gaat dat een stuk simpeler, één druk op een toets, maar het gevoel dat ik iets kan betekenen voor iemand die ver weg zit, in een ander land, doet me wat. Alsof ik een reis om de wereld maak zonder me te verplaatsen. Ik vind het leuk, ik bedoel een uitdaging om me in een vreemde taal zo goed mogelijk uit te drukken. Daarbij spreek ik ook Zweeds. Dat komt mijn vader is een Zweed, iedere zomer gingen we zes weken naar Söderhamm. Op de website van Swift zag ik dat u ook vestigingen in Scandinavië heeft, dus ik dacht: wie weet heb ik dat bedrijf iets extra's te bieden.'

Zoiets had ze moeten zeggen. Voortvarend en toch bescheiden, openhartig, maar niet té. Niet laten doorschemeren hoe somber ze werd bij het idee straks werkloos thuis te zitten, in de winter nog wel als het vroeg donker werd. Bij het vooruitzicht van weken, maanden zonder vast ritme, zonder stok achter de deur, brak het klamme zweet haar uit. Een beetje opruimen, een beetje sporten, en ieder klusje uitstellen omdat het net zo goed morgen gedaan kan worden. Dat had ze al eens meegemaakt.

Halte Weesperplein. Een beschaafde mannenstem op een bandje, ook op de bank waren het steeds vaker bandjes die de klant vertelden welke cijfers in te toetsen, waarna er een andere mededeling volgde, die weer door verwees naar... De klanten werden er horendol van, maar het drukte de personeelskosten.

Een ingedeukt bierblikje rolde van de ene kant van de wagon naar de andere. In die lange, dorre maanden had ze ontdekt dat het verschil tussen haar en de haveloze types in de metrostations heel gering was. Als zij toen geen bezorgde ouders had gehad die haar iedere ochtend belden om te informeren naar haar plannen voor die dag; als zij net dat beetje discipline had ontbeerd waardoor ze zich driemaal per week naar de sportschool sleepte om te gaan fietsen op een rijwiel dat haar nergens naartoe bracht, of te roeien op het droge; als zij geen buurvrouw had gehad die erop aandrong dat ze uit bed kwam, zich verzorgde, en die af en toe langskwam voor een praatje, was zij misschien ook afgegleden en in de goot beland.

Er waren werklozen die een cursus gingen doen of een studie, of vrijwilligerswerk zoals haar moeder had geopperd, 'ze zitten te springen om jonge mensen zoals jij'. Niet waar, zoals zij er toen aan toe was, had ze niemand iets te bieden. Ze klampte zich aan de riem van haar tas vast, het leer sneed in haar hals. Het was niet eerlijk, ze was geknipt voor die baan. Maar dat had ze niet kunnen tonen, geïntimideerd als ze was geweest door die blik, de manier waarop ze van top tot teen gemonsterd werd. Die blik was niet nieuw voor haar, natuurlijk niet. Ze had er zelfs ooit een naam voor bedacht: de dodelijke damesblik. Van haar schoenen naar haar kousen, naar de behaarde benen, vrij donker voor zo'n blond meisje. Door de panty werden de haren geplet en leken ze net aderen, o kijk, een jong meisje met ouwevrouwenbenen. Omhoog ging de blik, vliegensvlug naar haar rok, blouse, jasje, kapsel. Dik blond haar in een paardenstaart, niks mis mee, maar wat een verschil zou het zijn als een goede kapper daar de schaar eens in zette.

De blik leek je niet te zien, niet werkelijk, niet oog in oog. Wat dat betreft had ze net zo goed met een zak over het hoofd kunnen solliciteren. Voor de rest registreerde de blik alles: haar onmodieuze schoeisel, de sinaasappelvlek op de witte blouse die zorgvuldig was weggeboend maar in de zon toch weer oplichtte. De stof van het mantelpak was van niet al te beste kwaliteit, te veel kunststof waardoor je dat goedkope glansje kreeg, en stond ook een beetje stijf af alsof ze een juk onder haar jasje droeg. Wat kon ze na zo'n blik nog zeggen? Een stevig kruisverhoor was makkelijker te doorstaan geweest.

De trein minderde vaart. 'Centraal Station, eindstation', klonk er uit de luidspreker. Terwijl ze wachtte tot de deuren opengleden keek ze op haar horloge om te zien of ze de intercity van elf uur naar Rotterdam nog kon halen. Haar wagon stopte tegenover een kraam met Surinaamse eetwaar; zodra ze uitstapte walmde de lucht van bakolie en scherpe kruiden haar tegemoet. Ze schoot er voorbij, de armen stijf langs het lichaam. Ze wilde niet aangeraakt worden, niets of niemand ruiken.

Op weg naar de roltrap werd de weg versperd door een zwerver met een haardos vol klitten. Haar hand ging naar haar neus, maar het was onmogelijk om hem niet te ruiken: bier, ongewassen kleren, tabak. Zijn nicotinevingers raakten haar bijna aan; onderdanig, het hoofd als een schildpad vooruitgestoken tussen zijn gekromde schouders, boog hij zich naar haar toe.

'Kan u misschien een eurootje missen, jongedame?'

Op een andere dag had ze haar pas versneld, weggekeken, of botweg nee geschud. Soms, als ze wisselgeld bij de hand had omdat ze net een krant had gekocht, stopte ze zo iemand vlug een paar munten toe. Nu klemde ze haar tas tegen zich aan en negeerde de uitgestoken hand.

'Ga solliciteren, man.'

'Wat zegt u?'

'Ga werken, val mij niet lastig. Donder op, je stinkt!'

'Krijg de tyfus, jij,' schreeuwde de bedelaar, zo luid dat een paar reizigers opkeken. Maar Elly was al weggeglipt, de roltrap op naar de hal, waar ze op het grote blauwe bord nakeek van welk perron haar trein vertrok.

Ik hield met een schuin oog de zwerver in de gaten. In de loop der jaren had hij een dikke huid gekregen, toch kwam dit hard aan, op zo'n zonnige dag buiten de spits, uit de mond van zo'n beige meisje. Hij trok zich terug in de hoek van een ijzeren bank, de benen opgetrokken tegen de borst en rolde een sjekkie. Terwijl hij de rook uitblies, begon hij te mijmeren, filosoferen noemde hij het zelf want diep in zijn hart was hij een profeet. Wat een zieke stad. De mensen werden steeds harder, agressiever, jonge mensen vooral, die kenden het woord barmhartigheid niet meer. Werk, geld, dat was het enige wat telde. *Bad vibes* golfden hem tegemoet, dag in dag uit. Iedereen had haast, altijd maar haast, en honger. Van 's ochtends vroeg tot 's avonds laat liepen ze te schranzen, pizza's waar de tomatensaus vanaf droop als geronnen bloed, vingers vet van de mayonaise wuifden datie op moest rotten. Hij wílde er niet eens bij horen, vroeg of laat zou dit volk ten onder gaan aan vrekkigheid en vraatzucht, o ja, wis en waarachtig, maar dan lag hij allang onder de groene zoden.

Na een paar minuten stond hij zuchtend op om aan het werk te gaan en nadat hij zijn hand nog een keer of tien had opgehouden, had hij genoeg geld om op de Zeedijk een halve fles jenever te kopen die hij, nog sneller dan anders, achter elkaar leegdronk. Of hij die dag nog eens terugdacht aan Elly's belediging? Of hij zijn gram uitstortte over andere daklozen of over een verbaasde reiziger? Ik wachtte er niet op, want voor de fles leeg was, was hij al op een bank achter in de Nicolaaskerk in slaap gevallen, in een diepe dronkenmansslaap waaruit hij waarschijnlijk pas tegen halfeen, wanneer de klokken begonnen te luiden voor de mis, even zou ontwaken.

De uitval in de krochten van het station had Elly niet opgelucht, haar toorn was nog niet uitgewoed, integendeel. Niet dat ze doorging mensen af te snauwen, nee, nadat ze wat stoom had afgeblazen ging ze een poosje wat subtieler te werk. De vraag van een oude dame of zij op de gele borden kon zien of de trein van Amsterdam naar Amersfoort-Schothorst ook in Amersfoort stopte, beantwoordde ze met een schouderophalen.

'Ik reis nooit met de trein, ik vind het zo ingewikkeld,' drong de vrouw aan.

'Wie niet. Vraagt u het maar aan een conducteur, daar zijn ze voor.'

Toen een blinde met zijn witte stok tikkend perron 13b op liep en, het hoofd schuin in de nek, zichtbaar ontredderd zijn stok heen en weer maaide, voelde ze even de neiging om naar hem toe te gaan en hem een arm te geven, maar ze verzette zich en liep langs hem heen. Ze negeerde de vragende blik van een jonge moeder die in haar eentje een kinderwagen met een tweeling de trein in probeerde te tillen, en liet haar rustig aanmodderen. Eenmaal in de trein, die bij ieder station voller werd, nam ze zo veel mogelijk ruimte in door haar benen te spreiden, tas en jasje legde ze op de lege plek naast zich. Ze vlijde haar hoofd tegen het raam en deed alsof ze sliep. De conducteur die op haar schouder tikte om haar kaartje te knippen en die het waagde een grapje te maken, 'toen wij van Rotterdam vertrokken, vertrokken wij van...', wierp zij zo'n minachtende blik toe dat hij beduusd zweeg.

Welk effect haar gedrag op al die mensen had? De een mompelde 'stuk chagrijn', en was haar het volgende moment alweer vergeten, voor een ander was haar reactie de druppel die de emmer deed overlopen. Dan baande het venijn zich een weg, woekerde voort, vertakte zich razendsnel, alle kanten uit en tot ver over de landsgrenzen, onzichtbaar voor een mensenoog. Alleen het oog dat iedere ziel peilt en alle zielen tegelijk, kan nog volgen waar naartoe, naar wie het venijn stroomt, bij wie het binnensluipt, als het tenminste niet verblind wordt door tranen.

En Elly? Zij had geen flauw idee wat ze aanrichtte, net zomin als Carla dat had gehad, of Jaap, Berend of Edith. Tegen enen arriveerde ze op de bank aan de Maasoever in Rotterdam. Nadat ze in de kantine een kroket had gegeten, nam ze om halftwee precies haar vaste plek bij het raam weer in. Toen een collega informeerde naar het sollicitatiegesprek, antwoordde ze: 'Ging wel.' Ze wilde niet aan haar afgang worden herinnerd, en daardoor kreeg niemand de kans haar op te beuren, of nuchter op te merken dat het misschien wel zou loslopen allemaal.

Ze zette haar koptelefoon op, en koesterde haar wrok in stilte. Ze voedde hem op gezette tijden – kleine hapjes – door zich de hele gebeurtenis, telkens weer, tot in detail voor de geest te halen: het wachten onder de klok, tot ze een schim van zichzelf was. In haar herinnering duurde het almaar langer voordat Carla kwam opdagen. En toen het eindelijk zover was had zij verzuimd te zeggen dat ze Zweeds sprak, alsof haar talenkennis iets was om zich diep voor te schamen en niet haar grootste troef. Onvergeeflijk stom, maar het lag niet alleen aan haar. Die blik van dat mens was als een laserstraal, een snotgroen licht dat haar laatste beetje zelfvertrouwen had doen verschrompelen. Toen, op school, kon ze nog denken 'wacht maar, later als ik groot ben...', maar nu was er geen later meer, binnenkort zat ze zonder werk.

Stroomopwaarts

Het was gedaan met de rust, ze had geen minuut meer te verliezen. Berend had inmiddels uitgezocht dat het pakje om uiterlijk halfdrie, en liefst nog eerder, door een koerier moest worden afgehaald. Vliegensvlug had Edith gedoucht, zich aangekleed; Miriam bleef hier, in plaats van donderdag zou ze vandaag werken dan had ze tenminste wat afleiding.

Toen Edith het tuinpad af fietste sloeg de geiser in de bijkeuken jankend aan, een geluid dat ze een paar maal per dag hoorde en toch keek ze ongerust om. Arme Miriam, ze had donkere wallen onder haar ogen, en ondanks de warmte liep ze te rillen. Al haar hoop was op hen gevestigd. In de anderhalf jaar dat ze nu bij hen werkte, was Edith zeer op de jonge weduwe gesteld geraakt. Ook op andere dagen dan de dinsdag dronken ze weleens een kop thee samen. Dan liep Miriam de tuin in om een paar muntblaadjes te plukken, en vertelde over de geur van de sinaasappelbomen in het dal waar ze geboren was. Edith hielp haar soms met haar taallessen en een keer had ze het hele gezin meegenomen naar een poffertjeskraam, en een andere keer voor een picknick naar het strand. Op Miriams vijfenveertigste verjaardag waren ze naar Madurodam gegaan.

Het was een merkwaardig schouwspel het vluchtelingengezin daar te zien rondlopen; ze lieten zich door haar fotograferen met het Binnenhof aan hun voeten en naast paleis Ten Bosch, glimlachend alsof de verblijfsvergunning waarop ze al zo lang wachtten nu ineens ook binnen handbereik lag.

Iedere keer dat zij Miriam met iets had geholpen, het invullen van een formulier of het betalen van een rekening, deed Miriam iets terug. Dan stond ze rond etenstijd op de stoep met een exotisch gerecht, rijst, macaroni en kikkererwten door elkaar, zelfgemaakte dolma's die in de olie dreven, of mierzoete pannenkoekjes. Dat had je echt niet hoeven doen, wilde Edith de eerste keer zeggen, want ze wist dat Miriam iedere cent moest omkeren en altijd op zoek ging naar winkels waar fruit en groenten nog goedkoper waren. Maar de blik waarmee Miriam haar de in een theedoek gewikkelde pan overhandigde, maakte duidelijk dat ze niet moest tegensputteren.

Ze hoefde niet ver te fietsen, de huisarts woonde vlakbij. Ze kende Sander al toen hij nog geen praktijk had, en alleen nog maar een studievriend was van haar oudste broer. Omdat ze zelden ziek was en ook de kinderen haast nooit iets mankeerden, troffen ze elkaar vaker op feestjes dan in de spreekkamer. Nu en dan verwees Sander een patiënt naar haar door, en spraken ze elkaar beroepshalve aan de telefoon. Vreemd, er stond slechts één fiets in het rek naast zijn huis; of de wachtkamer vol was kon ze niet zien want de lamellen waren gesloten. Ze haalde haar vingers door haar nekhaar, dat nog vochtig was van het douchen, en trok de wrong op haar achterhoofd losser. In de haast was ze vergeten ringen en armbanden om te doen, maar niet om haar lippen te stiften in dezelfde cyclaamkleur als haar jurk. Ook al was het een zaak van leven en dood waarvoor ze bij Sander te rade ging, ze wilde er toch een beetje sexy uitzien.

Toen ze naar de voordeur liep en het papier zag dat tegen het raam was geplakt, begon het haar te dagen. Haar blik ging omhoog, naar de vensters van de bovenverdieping. Het zonlicht blikkerde tegen het witte pleisterwerk, beschermend hield ze haar hand boven haar ogen. Overal dichte gordijnen. *Van 8 tot 18 september afwezig* las ze, *wegens nascholing.* Daaronder de namen van twee waarnemers. Haastig overwoog ze wat haar te doen stond. De eerste woonde te ver weg, dat haalde ze nooit, ze moest dus naar een onbekende arts bij wie ze tussen acht en één terecht kon, en uitsluitend volgens afspraak.

Nu, voor die dichte deur, besefte ze pas dat ze volledig op Sander had gerekend. En ook hoezeer ze zich op hem had verheugd. Het was geen onplezierig vooruitzicht geweest iets te kunnen bedisselen, samen met hem. Sander maakte de hele missie domweg aantrekkelijker, zoals de gang naar de zoveelste ouderavond ook dragelijker werd als je wist dat er een paar aardige vaders zouden zijn. Nu was ze gedwongen naar een wildvreemde arts te gaan, wiens wachtkamer natuurlijk tjokvol zat nu Sander er niet was.

Terwijl ze op haar fiets stapte, vroeg ze zich af wanneer, bij welke gelegenheid ze de waarnemer ook alweer had ontmoet. Ze herinnerde zich niet hoe hij eruit zag, alleen zijn stem, een hoog, schril geluid, en ze had ook geen flauw idee waar zijn praktijk was. Ja, ergens in de bloemenbuurt, maar hoe kwam ze daar zonder te verdwalen? Ze had nu eenmaal geen enkel gevoel voor richting, geen kompas in haar hoofd. Misschien beter eerst naar huis, en daar op de kaart kijken, even opbellen of ze vandaag wel kon komen. 'Uitsluitend volgens afspraak', dat stond er toch niet voor niets. Alsjeblieft, Edith, nu niet afhaken, niet doen. Die medicijnen moeten vanmiddag nog met een vliegtuig mee. Miriam rekent op je, Berend wacht op instructies, het mag niet mislukken, alles hangt nu van jou af. Op het moment dat ze gehoor gaf aan mijn smeekbede, zag ze de plattegrond even verderop in de berm, en toen ze dichterbij kwam het rode vierkant in de wirwar van straten, de pijl: *U bevindt zich hier.*

De praktijk lag in een nieuwbouwwijk, de wachtkamer bevond zich in de aanbouw naast het huis. Over een pad van schoongeschrobde tegels waar geen grassprietje tussen groeide liep ze naar de ingang. Aan een van de spijlen van het fietsenrek zat een zwart-wit gevlekt hondje vastgebonden, het blafte klagelijk en zonder ophouden. Honden mochten nooit mee de wachtkamer in, bij niet één huisarts. Nu leek het haar een veeg teken, een bewijs van onbuigzaamheid. Een vergadering, ja, dat was het, ze kende Nico P. van een bijeenkomst van hulpverleners uit de regio; hij was voorzitter geweest, en sprak zo'n gruwelijk ambtenarentaaltje met uitdrukkingen als 'even kortsluiten' en 'onze insteek'. Een formele man, niet iemand bij wie ze haar charmes in de strijd kon gooien.

De wachtkamer was afgeladen vol, zelfs op de als paddestoelen beschilderde kleuterkrukjes zaten patiënten. De klok boven de praktijkruimte gaf net tien over twaalf aan, het spreekuur duurde officieel tot één uur maar zou zeker uitlopen en daarna moest ze ook nog naar de apotheek, die tussen de middag waarschijnlijk dicht was, en iets bedenken om de medicijnen in te verstoppen.

Ze keek de kring rond, groette opgewekter dan ze zich voelde. Het was van de gezichten af te lezen dat de meeste patiënten de klacht waarvoor ze hier zaten in stilte herhaalden om dadelijk goed beslagen ten ijs te komen. Die waslijst van pijnen, kwalen, angsten gaf de meeste gezichten iets benepens, dichts. Alleen een moeder met een hoestend kind op schoot dat steeds naar zijn oor greep, probeerde haar goede humeur te bewaren. Ze las haar zoontje voor uit een Gouden Boekje, *Het circushondje Pietepaf*, over een klein hondje dat veranderde in een opzienbarend grote hond. Edith kon de zinnen haast meezeggen, zo vaak had ze dit verhaal aan de kinderen voorgelezen.

Ze liep door naar de balie. Toen de assistente eindelijk van het computerscherm opkeek, noemde ze haar naam, 'Nee, geen patiënt van de dokter, maar we kennen elkaar, ik ben fysiotherapeute. We hebben elkaar weleens aan de lijn gehad.' Ze leunde over de balie en dempte haar stem. 'Ik moet hem dringend iets vragen, kan ik er misschien even tussendoor, heel eventjes?'

De assistente boog zich over een opengeslagen agenda.

'Morgen om kwart over acht, schikt dat?'

'Maar ik heb een medicijn nodig dat vandaag nog naar Schiphol moet.'

Vermoeid sloeg de assistente haar ogen op. 'Luister, mevrouw. Als het een noodgeval was...'

'Maar dat is het!'

'Als u hier kermend van de pijn was binnengedragen, zou niemand er moeite mee hebben dat u voorgaat.'

Kermen, ze had moeten kermen, een gemiste kans. In haar studententijd had ze niet onverdienstelijk toneel gespeeld, een stomdronken Martha in *Wie is er bang voor Virginia Woolf* en de hoer in *Reigen,* die haar syfilis doorgeeft tot in de hoogste kringen. Zo moeilijk was het niet om dubbelgevouwen binnen te strompelen, iets te stamelen over krampen in de buikstreek, hoge koorts. Hoewel ze haar best deed de zaak zo kalm mogelijk uit te leggen, kreeg ze toch iets onvasts in haar stem.

'Wie is de huisarts van die jongen?' vroeg de assistente onaangedaan.

'Weet ik niet, iemand in Kandahar. Die kennis van me komt daar vandaan, haar kleinzoon woont daar nog.'

De vrouw zette grote ogen op, alsof het om een stad uit een sprookje ging, om Waterschapsheuvel of de Grote Griezelvallei.

'Kandahar, Afghanistan. Daar woont de dochter van Miriam, van die kennis van me, met haar gezin. Begrijpt u? Ik heb geen tijd om hier uren te gaan zitten wachten. Ik heb beloofd dat ik die medicijnen vanmiddag nog opstuur.'

De medicijnen waar Afzal niet zonder kon, waren van de ene op de andere dag in Afghanistan niet meer te krijgen geweest. Zelfs niet op de zwarte markt, maar die term kon ze hier beter niet laten vallen en ook niet dat Miriam haar zwart betaalde werkster was. Ze viste het recept uit de zak van haar jurk, en legde het op de balie.

'Als u al een recept heeft, kunt u toch rechtstreeks naar de apotheek.'

Edith onderdrukte een zucht. Dat had Miriam al geprobeerd, uiteraard. 'Weet u, ze spreekt gebrekkig Nederlands, en het recept is niet erg duidelijk, ik kan er ook geen chocola van maken.'

Het was om moedeloos van te worden. Ze had veel zin om net te doen alsof ze geen woord Nederlands sprak, geen enkele taal trouwens, op een paar kreten na: Vroe, Vroe. Doe kotrot skoetvelu gauw! De telefoon ging, en op hetzelfde moment zwaaide de deur van de spreekkamer open. De dokter liet een patiënt uit en pakte de bovenste kaart van de stapel op de balie, terwijl hij de volgende patiënt opriep. O, ja die stem, alsof er een wielklem om zijn borstkas zat. Edith schoot op hem af.

'Nico, ken je me nog?'

'Bent u...?' Hij keek van haar naar de kaart en terug.

'Nee, dat ben ik,' riep een vrouw vlak achter haar. In haar stem klonk triomf; ze glipte verbazingwekkend snel met haar manke been voor Edith langs de spreekkamer in. Edith legde haar hand op Nico's arm. 'We kennen elkaar van een vergadering en hebben elkaar geloof ik wel eens aan de telefoon gehad over een patiënt...'

Toen ze hem voelde verstijven trok ze haar hand terug. Ineens schoot haar te binnen hoe stroef dat gesprek indertijd verlopen was. Hij had geweigerd de verwijzing van een van zijn patiënten te verlengen omdat hij geen vooruitgang bespeurde. De negentigjarige dame in kwestie kon na tien behandelingen inderdaad nog geen zwaantje maken in de ringen, maar de ontspanningsoefeningen deden haar goed. Het gesprek was hoog opgelopen, als ze zich boos maakte kon ze tamelijk arrogant zijn. Toen was ze er trots op geweest dat ze hem de waarheid had durven zeggen, maar nu kon ze zich wel voor de kop slaan.

'Heeft u een afspraak?' vroeg hij.

'Nee.'

'Zodra u aan de beurt bent, heb ik alle tijd voor u.'

Hij had zijn rug al naar haar toegekeerd, en trok de deur van de spreekkamer achter zich dicht.

Edith keek van de assistente naar de klok, en van de klok naar de wachtende patiënten. Alle ogen waren op haar gericht. Haar blik ging de kring rond: van de man met het gipsbeen en de arm in de mitella, naar de pafferige zuchtende vrouw, de moeder met het kind, het pubermeisje dat roerloos met de benen stijf over elkaar geslagen voor zich uit staarde, het zwijgzame als voor een kerkgang geklede oudere echtpaar dat elkaars hand vasthield, de man in zijn doublebreasted pak die demonstratief op zijn horloge keek, de bouwvakker in zijn zanderige overall.

Ze had er al moeite mee om iemand die ze goed kende om een gunst te vragen, laat staan aan zeven, nee, acht wildvreemde mensen, die nauwlettend in de gaten hielden of ze niet voor haar beurt ging. Ze hadden oren op steeltjes. Ze rook de achterdocht. Iedereen zat hier voor zichzelf, maar zo nodig zou men één front vormen tegen haar.

Zo stond ze te dralen – de dochter van Miriam zou vast wel een handvol pillen in voorraad hebben, op een dag kwam het toch zeker niet aan? – toen de voordeur opengaan en een jong paar binnenkwam, met een bundeltje in de armen. De zure geur van diarree verspreidde zich door de wachtkamer, de baby begon te schreien. Er ging een zucht door de kring, de rieten stoelen kraakten.

Ik geef het op, dan moet het morgen maar, dacht ze. Ik kan geen ijzer met handen breken. Miriam had nooit tot het laatste moment mogen wachten; had ze niet een arts op het asielzoekerscentrum kunnen aanklampen, of een maatschappelijk werker? Het wemelt daar van de vrijwilligers. Waarom komt ze altijd direct naar mij toe? Als ik alle rekeningen die ik voor haar heb betaald bij elkaar optel en dan nog eens de zakken met kleren – echt, zo zit ik niet in mekaar – maar toch... Waarom ik? Kent ze na al die tijd verder niemand die eens iets voor haar kan doen? Voor haar, wat zeg ik, was het maar voor haarzelf, maar voor de zoon van een mij wildvreemde dochter, helemaal aan het andere eind van de wereld. Wat heb ik er feitelijk mee te maken?

In paniek begonnen de ouders van de baby tegen elkaar en op de assistente in te praten, terwijl ze tegelijkertijd hun huilende kind probeerden te sussen. Buiten jankte het hondje; de dikke vrouw mompelde: 'Ja, ja, vrouwtje komt', hees zich overeind en zette haar tas op de stoel met een blik van 'waag het niet...' Op weg naar de deur liep ze Edith zowat omver.

Een niet te stuiten afkeer spoelde over haar heen. Afkeer van die ongemanierde vrouw, van deze mensen die alleen met zichzelf bezig waren, ik, ik, arme ik met mijn eczeem, mijn allergie, mijn steenpuisten, mijn ontstoken holtes, mijn aambeien. Weg, ze moest naar buiten, alleen zijn – hoewel ze ook wel wist dat ze beter meteen een afspraak voor morgen kon maken, vluchtte ze de deur uit.

Ze liep bijna tegen de brede rug op van de bazin van het hondje. De vrouw stond over het dier heen gebogen en aaide het over de kop terwijl ze zachtjes praatte. Ze merkte Edith niet op, die vlak naast haar haar fietssleutel in het slot stak, eraan morrelde maar het slot niet open kreeg. Haar bewegingen waren hoekig van ergernis en ongeduld.

Hoewel ze haar best deed om niet te luisteren, hoorde ze toch wat de vrouw zei: 'Er komt wel een oplossing, echt, ik vind een goed tehuis voor je. Tot die tijd blijf je bij mij, bij mij, ja. Ik bind je echt niet aan een boom. Ik vraag aan de dokter of-ie me meer morfine geeft, dan kan ik je heus zelf wel uitlaten, dat kan ik best.'

Zo praatte ze nog een tijdje door, terwijl ze het dier bleef aaien. Edith liet haar blik even op het roodgeverfde haar van de vrouw rusten; de hoofdhuid schemerde erdoorheen. Dun, dof haar waar ze met lak en strikvormige speldjes nog iets van had proberen te maken. Bijna had ze haar hand in de vrouws nek gelegd om haar zachtjes te krabben. In plaats van een bazig wezen met een grote tas stond er ineens een mens naast haar. Iemand die zich ternauwernood staande hield, die misschien zuchtte om niet te huilen, van de pijn, of met de pijn mee als bij een wee.

Ze was niet van plan een gesprek aan te knopen, ze wilde zo snel mogelijk naar huis – alhoewel, daar wachtte Miriam – maar nu kon ze niet zomaar weg lopen.

'Hoe heet-ie?'

'Moppie. Tenminste zo noem ik haar. Op haar papieren en bij de hondenbelasting heet ze Vanessa.'

'Ik hoorde toevallig wat u zei, daarnet. U vindt vast wel een tehuis voor haar, zo'n lief dier.'

'Als het een pup was misschien wel, maar ze is al zestien. Zo'n ouwe hond, daar hebben de mensen geen trek in. Ik wil haar ook helemaal niet kwijt, weet je, maar het moet, want waar ik heen ga mogen geen honden.'

Haar huid was geel en stak vaal af tegen het rode haar; ze stond een beetje scheef, met de rechterhand in de zij. Niet het pronte gebaar van de verkoopster die ze misschien ooit was, maar van iemand die de pijn eronder probeert te houden.

'Door mijn werk spreek ik nogal wat mensen, wilt u dat ik hier en daar eens informeer?'

'Je bedoelt, of iemand haar wil, voor haar wil zorgen, voortaan?'

Ze greep Ediths hand. Nu iemand aanbood haar te helpen, drong kennelijk pas tot haar door hoe moeilijk haar parket was. 'Ik slaap er gewoon niet van.'

'Dat kan ik me voorstellen.' Edith maakte zich los. 'Is er dan niemand die Vanessa wil? Familie, buren? U moet toch wel iemand kennen?'

Ze hoopte maar dat de vrouw ontging dat ze alweer terugkrabbelde, het hondje probeerde af te schuiven naar kinderen, naar neven en nichten, die het goede mens misschien niet eens had.

'Ik heb al weken zo'n kaartje hangen bij de Super, er heeft nog niemand gebeld, dus als jij eens zou willen... Je bent een engel, echt, ik loop even naar binnen voor potlood en papier.'

Edith sloeg haar ogen op naar de blauwe lucht maar zag mij niet, ergens ter hoogte van de dakgoot, ze hoorde niet dat ik onbedaarlijk in de lach schoot. Een engel, dacht ze, ja soms wel, maar van het ene moment op het andere kan de naastenliefde weer omslaan in, in wat ja – niet in haat, dat was een te groot, te dramatisch woord –, omslaan in een gevoel van weerzin, van lou loene. Eerst had ze Miriam beloofd te zullen helpen, en nu beloofde ze weer van alles, maar zodra het al te moeilijk werd, er te veel van haar werd gevergd, deinsde ze terug. Het kon toch niet waar zijn dat Helmi gelijk had met haar insinuaties? Dat ze wel erg tevreden was met het leven dat ze leidde, op het zelfgenoegzame af? Ze wilde niet zo'n mevrouw zijn die in goede werken doet, maar alleen als het haar schikt, en als ze niets beters te doen heeft.

De vrouw keerde terug met een blocnote en een pen en duwde die onder haar neus.

'En jij, kind? Hoef jij ineens niet meer naar de dokter? Altijd is Kortjakje ziek, midden in de week maar zondags niet?'

Edith schudde het hoofd en vertelde over het medicijn voor Afzal dat vandaag nog met een vliegtuig mee moest; nu de wachtkamer vol zat dreigde de hele missie te mislukken. Ja ja, klets maar raak, ze hoorde zelf hoe slap het klonk, al voor de vrouw ongelovig het hoofd schudde en haar voor zich uit, door de deur, de wachtkamer in duwde.

Met de hand van de vrouw op haar ene schouder, en mij aan haar andere zijde, stond ze even later weer tussen de wachtende patiënten en sprong over zichzelf heen. Ze was het nog wel, in dezelfde katoenen jurk, in dezelfde huid, maar ze groeide: net als het hondje Pietepaf groeide ze in haar taak. Ze sprak alsof ze op een podium stond. Helder formuleerde ze haar verzoek zonder iets aan te dikken. Ze maakte het probleem niet groter, Miriam niet wanhopiger, haar kleinzoon niet nog zieker dan hij al was. Op kalme toon vroeg ze om begrip.

Even vroeg ik me af of het wel de goede kant op ging, ik hoorde iemand in gedachten grommen, maar nog net op tijd knikte de bouwvakker en zei: 'Nou ja, in dat geval, loop dan maar door.' De anderen sloten zich bij hem aan, men was het eens, of werd het na een paar blikken over en weer. Men sprak van nood breekt wet, zodra de deur weer openging was zij als eerste aan de beurt. Er ontstond een geanimeerd geroezemoes.

De goede wil bleef niet hangen in de wachtkamer, maar stroomde verder de spreekkamer in. Nico P. ontdooide zodra Edith de kans kreeg haar verhaal te doen. Aandachtig las hij het recept, haalde er een lijvig boekwerk bij en wist haar, na wat heen en weer geblader, te vertellen dat de gevraagde ontstekingsremmer hier niet courant was; er bestond een gelijkwaardig middel dat hij voor haar zou uitschrijven. Edith durfde het nauwelijks te geloven: een nieuw recept, maar op wiens naam dan? Hoe kon ze medicijnen halen voor een kind dat hier niet verzekerd was, geen adres had? Maar Nico schreef een briefje aan de apotheker dat hij om het nieuwe recept heen vouwde. Toen hij de envelop dicht likte en haar daarbij glimlachend aankeek, vond ze hem ineens lang zo lelijk niet meer. En ook de mensen in de wachtkamer zagen er anders uit, minder grauw, merkte ze toen ze dankbaar knikkend langs hen heen naar buiten snelde. Het leek wel alsof iedereen even van zichzelf verlost was. Er hing iets feestelijks, iets van verwachting in de lucht, als in een danszaaltje waar elk moment de eerste plaat kan worden opgezet.

Ik verbind u door

Het was inmiddels halftwee geweest en voor de duisternis intrad zou er vermoedelijk een dode vallen, een dode door moord. Ik moest me bereid houden, me niet al te veel laten afleiden, hoe blij ik ook was dat Edith haar belofte aan de vrouw met het hondje gestand deed. Ze had aangeboden Vanessa zelf in huis te nemen, totdat ze een goed adres voor het dier gevonden had. Maar ik moest door, hoeveel deugd het me ook deed dat de apothekeres zonder aarzelen de medicijnen tegen kostprijs meegaf, omdat ook zij een gebaar wilde maken naar de jongen in Kandahar.

Terug naar Elly, in het glazen bankgebouw in Rotterdam. Vlak nadat ze haar plaats achter haar computer had ingenomen – ze schoof juist haar stoel dichter naar haar bureau – werd haar aandacht getrokken door een geluid buiten: een meeuw scheerde krijsend langs het raam. Het was alsof hij haar toezong, met lange melancholieke uithalen als in een fado. Het grijs op zijn vleugels had dezelfde kleur als de rivier, beneden haar, die schitterde in de zon, en voor ze het wist verloor Elly zich in de aanblik, en in het lied van de meeuw: ach, wat kan het je schelen, er zijn genoeg mensen die van je houden, die je zien zoals je bent, die niet kijken met hun ogen maar met hun hart, denk er niet meer over na, na, na... Dwars daar doorheen klonk een stem die zei: 'Je laat je toch zeker niet als oud vuil behandelen, wat denken ze wel' – en toen klampte ze zich weer vast aan haar grief. Ze richtte haar blik strak op het scherm, en besloot zich niet meer te laten afleiden.

'Goedemiddag, afdeling klantenservice, waarmee kan ik u van dienst zijn?' Het was altijd druk op dit uur, vlak na de middagpauze. De een na de ander stond ze te woord, routineus, kortaf op het bitse af, toch raakte niet iedereen besmet. De een ging te zeer op in andere zaken om zich iets van haar toon aan te trekken, een ander was te afgestompt om haar kilheid op te merken. Een man uit het noorden des lands dacht: nou zeg, dat kan ook wel een tikje behulpzamer; een vrouw besloot nadat ze had opgehangen over te stappen naar een andere bank. Elly had de wrok nog niet de vrije teugel gelaten. Ze spaarde haar krachten, wachtte het juiste moment af, iemand die met de juiste mengeling van onzekerheid en drammerigheid zijn vragen op haar afvuurde, de juiste prooi.

Toen belde Arend Jan de R. In een verbouwde boerderij in de Achterhoek, in een gehucht in de buurt van Winterswijk zat hij achter een lange kloostertafel, die dienst deed als bureau. Vanuit zijn werkkamer in de nok van het dak had hij een weids uitzicht over een glooiend maïsveld, omzoomd door eikenbomen. Tot voor kort had hij hier dagelijks stapels proefwerken nagekeken, nu handelde hij er zijn administratie af. Door het open raam zag hij een paar kraaien, die op het pasgerooide veldje neerstreken en in de stoppelige aarde begonnen te pikken. Ergens, niet ver weg, werden takken verbrand of tuinafval. Hij ademde diep in, knipperde met zijn ogen om niet vol te schieten.

Beneden hoorde hij Sonja lopen – voorzichtig, stap voor stap – de rubber knoppen van de krukken bonkten op de houten vloer. Na een week in het ziekenhuis had ze nog vier weken in Sparrenheuvel doorgebracht, een uur rijden hier vandaan, maar het leek alsof ze maanden van huis was geweest. Ze zette het tweede strijkerssextet van Brahms op, weemoedige muziek. Raadde ze zijn stemming? Waarschijnlijk niet, ze was nog te zeer met zichzelf bezig om zich in hem te verplaatsen, en trouwens, Sonja had altijd één plaat of cd die ze een tijdlang steeds weer draaide, en deze zomer, al de hele zomer, was het Brahms.

Hij had niet geweten dat hij zo slecht zonder haar kon. Direct bij het wakker worden miste hij haar gezicht, de warmte van haar lichaam, haar buik tegen zijn rug. Ontbijten alleen ging nog omdat hij dan afgeleid werd door krant en nieuwsberichten. Maar het middagmaal en het avondeten waren een verschrikking geweest. Hoewel ze haar afwezigheid terdege had voorbereid en voldoende prakjes had ingevroren die hij alleen in de magnetron hoefde te zetten, had hij meestal geen hap door zijn keel gekregen. Voor het eerst had hij een glimp opgevangen van hoe het leven zou zijn zonder haar.

Een glimp, meer niet, want nu kon hij haar nog bezoeken, 's middags tussen twee en vier, maar als ook dat niet meer mogelijk was – wat dan? Wat zou er dan van hem worden? Toen hij nog lesgaf had hij zijn collega's, van wie sommigen in de loop der jaren ook iets als vrienden geworden waren. Tegenwoordig moest hij, wilde hij hen zien, een afspraak maken waar hij tegen de tijd dat het zover was misschien allang geen zin meer in had. Een nieuw schooljaar was begonnen, maar niet voor hem. Kom gauw langs voor een kop koffie, had een collega gezegd, maar dat was toch alleen uit beleefdheid. De pauzes in de docentenkamer waren om te eten, om te roddelen en achterstallig werk af te maken. Er liepen nieuwe, jonge leerkrachten op school rond die hem niet kenden, om van de tweehonderd bruggers maar te zwijgen, nee, hij had daar niets meer te zoeken.

Nu pas besefte hij hoezeer Sonja hun sociale leven bestierde, zij was degene die eetafspraken maakte met de kinderen, kaartjes bestelde voor de bioscoop en aanstreepte welke tentoonstellingen ze beslist moesten zien. Tijdens haar afwezigheid had hij gelaten gewacht op wat komen ging, en of er zich iemand aandiende als gezelschap. Toen zijn buren, anderhalve kilometer verderop, op een zondagavond eindelijk vroegen of hij een hapje mee at, was hij zo blij weer eens onder de mensen te zijn dat hij de hele maaltijd gulzig praatte. Pas naderhand besefte hij wat een wereldvreemde indruk hij gemaakt moest hebben. Hij schaamde zich voor die egocentrische idioot met zijn niet te stuiten woordenvloed.

De gedachte dat Sonja wel eens als eerste dood kon gaan, dat hij haar zou overleven, alleen achterblijven – hij kon het zich niet voorstellen, hij wilde het niet. Die wens was uitgegroeid tot een overtuiging. Hij zou vast en zeker als eerste sterven, zo zou het gaan, en daarom moest hij bijtijds zijn zaken op orde brengen. Testamentair gezien hoefde er niets gewijzigd, maar er waren een paar financiële details die hij wilde aanpassen.

Voor hem lag het mapje met bankafschriften, waarop ook het telefoonnummer van de bank stond. Een ingeblikte stem vertelde hem dat hij voor vragen over een bankafschrift een 1 moest intoetsen, voor informatie over beleggen een 2, de rest ontging hem. Onder welke noemer zijn vraag viel, hij had geen flauw idee. Hij legde neer, draaide het nummer opnieuw en luisterde het bandje nog eens af en toetste toen maar het cijfer in voor 'overige vragen'. Alle medewerkers waren in gesprek, en... ah, daar was het al, het onvermijdelijke muziekje.

Arend trommelde met zijn vingers op het lege bureau. De zon scheen nu recht naar binnen en hij wilde de zonwering neerlaten, maar durfde niet op te staan. Hoewel hij zo langzamerhand snakte naar een slok water of een glas karnemelk, verroerde hij zich niet want hij wist wat er zou gebeuren als hij zijn post verliet: dan kwam er eindelijk iemand aan de lijn, die hem niet zou horen roepen en ophing voor hij het toestel weer kon bereiken. Dan zou hij het nummer opnieuw moeten draaien, opnieuw de hele riedel aanhoren, opnieuw... Het werd tijd om ook boven eens een draadloos toestel aan te schaffen.

Na dertien minuten hoorde hij eindelijk een stem, live zowaar, een vrouwenstem. Opgelucht stak hij van wal, en noemde het bankrekeningnummer dat voor hem lag. Maar toen hij wilde uitleggen wat de bedoeling was, leek het alsof hij tegen een muur sprak. 'Nee, helaas meneer, zo kan ik u niet helpen.' Om de gewenste veranderingen te kunnen doorvoeren, moest hij ook de vier bankrekeningnummers van zijn kleinkinderen opnoemen. Natuurlijk had hij die wel ergens liggen, maar waar had ze ze voor nodig, hij was immers de hoofdrekeninghouder, de stamhouder van al die rekeningen, hij had ze indertijd geopend, en hij ontving de afschriften.

'U kunt het zo nakijken,' sprak hij geduldig. Ieder jaar, op de eerste januari schreef hij naar alle vier de bankrekeningen een vast bedrag over. Op zijn vijfenvijftigste was hij voor het eerst grootvader geworden. Zijn oudste kleinzoon werd in december tien, al bijna tien jaar maakte hij geld over, bij deze zelfde bank. Een paar simpele handelingen, een blik op het scherm en ze kon zich vergewissen waar die bedragen naartoe gingen. Hij haalde nooit wat van de rekeningen af, hij stortte alleen maar, zei hij en hij dacht: zoals ik mijn zaad in Sonja's schoot heb gestort, een daad waaruit drie kinderen zijn voortgekomen, die op hun beurt ook weer voor nakomelingen hebben gezorgd. Het invullen van een overschrijvingskaart gaf hem dan misschien niet hetzelfde genot als de liefdesdaad, helemaal zonder emotie geschiedde het niet. Het geld ging naar de kinderen van zijn kinderen, zijn eigen vlees en bloed en dat gaf hem een machtig, vruchtbaar, aartsvaderlijk gevoel.

Waarom deed dat mens zo verrekte ingewikkeld, terwijl hij de dingen simpeler wilde maken? Voor Sonja, voor als zij er op een dag alleen voor stond. 'Wat is het probleem precies?' Hij vroeg het vriendelijk zonder zijn stem te verheffen, zo makkelijk liet hij zich niet in de gordijnen jagen. De bankemployee bleef onverbiddelijk. Nummers had ze nodig en ook namen, voorletters, en geboortedata. Hij hapte naar adem, voor de bankafschriften hoefde hij slechts naar een archiefkast te lopen, maar voor die geboortedata had hij Sonja nodig, die met haar krukken onmogelijk de trap op kon. 'Blijft u even aan de lijn, dan zoek ik het voor u uit,' zei hij en sprong op terwijl hij naar een pen greep.

'Er staan meer cliënten in de wacht, het lijkt me beter dat u alles op uw gemak uitzoekt en ons dan later terugbelt.'

'Nee, dat is niet beter!'

De neerbuigende toon waarop ze zei 'op uw gemak', alsof hij een seniel oud mannetje was dat zeeën van tijd nodig had voor het opzoeken van een paar bankafschriften, deed zijn bloed koken.

'Ik heb al bijna een kwartier zitten wachten, en jullie suffe deuntjes moeten aanhoren. Ben ik eindelijk aan de beurt, word ik weer afgescheept!'

'We schepen u niet af, meneer. Het is voor uw eigen bestwil, voor uw bescherming. We moeten in zo'n geval altijd een paar gegevens checken. Iedereen kan wel allerlei veranderingen doorbellen.'

Er was iets lijzigs, jennerigs in haar toon dat hem razend maakte. Ze was niet onbeschoft, o nee, helemaal niet, maar het was alsof ze er genoegen in schepte met die regels te kunnen schermen: ik doe gewoon mijn werk, ik heb die regels niet bedacht... Hij zag haar voor zich, groot, donker, besnord, met kwabbige armen en oksels waarin zwarte plukken haar woekerden. Nee, zo'n vrouw had geen lichaam, geen gezicht, alleen een wrede mond met dunne lippen. 'Het spijt me, meneer, probeert u het straks nog eens.' Een klik, en weg was ze.

Toen hij neerlegde trilden zijn handen. Wat bedoelde ze met: probeert? Wat hing hem nog meer boven het hoofd, wilde ze dan weer andere gegevens hebben, adressen, postcodes, sofi-nummers? Als hij terugbelde en om uitleg vroeg, kreeg hij ongetwijfeld weer iemand anders die 'helaas' niet kon nagaan wie hij zoëven aan de telefoon gehad zou kunnen hebben. Onder aan de trap scharrelde Sonja rond, de krukken gaven een zacht klikje iedere keer wanneer ze erop leunde. Ze riep naar boven, of hij soms zin had in een boterham en of het gelukt was. Voor hij de eerste vraag kon beantwoorden, had ze de tweede al gesteld, zoals ze ook de irritante gewoonte had, merkte hij nu ze tijdelijk wat afhankelijker van hem was, om in één zin een aantal tegenstrijdige opdrachten te moffelen: of hij op zolder de waterdruk van de cv-ketel kon controleren, uit de kelderkast een blik doperwtjes mee wilde nemen, en als hij toch nog wat te doen had in Winterswijk de reserveband ophalen.

'Nee!' schreeuwde hij terug.

'Wat nee? Nee boterham, of nee niet gelukt?'

Hij maakte een gebaar in de lucht alsof hij haar wurgde. Die zou haar vraag net zo lang herhalen tot hij antwoord gaf. Als hij hier bleef zitten simmen, zou ze de steile open trap op strompelen, bezorgd dat er iets met hem aan de hand was.

'Ik kom zo, liefje...'

Hij moest haar nu even zien te ontlopen, want de kans was groot dat hij ongenadig tegen haar uitviel. In het voorbijgaan haar kruk omver haakte zodat ze haar evenwicht verloor, en hij eindelijk die krengen uit het raam kon slingeren, piep, piep, allemachtig wat een ergerlijk geluid. Het was haar schuld! Als zij de afgelopen jaren een beetje interesse had getoond in bankzaken en zelf ook eens een girootje had ingevuld, was dat telefoontje niet eens nodig geweest. Dan had hij met een gerust hart kunnen sterven zonder de angst dat zij in paniek raakte bij de aanblik van al die verschillende bankrekeningnummers.

'Goed, maak zelf maar wat, ik ga even rusten. Er staan bramen in het Chinese kommetje, onder de folie... Luister je?'

'Ja, bramen onder de folie, ik heb je gehoord. Heerlijk. Ik kom zo.'

Hij wachtte tot hij haar hoorde weglopen, het terras op, waar ze zich in de rotan ligstoel vlijde. Vanuit zijn raam zag hij haar benen onder de parasol uitsteken, en hoe ze haar wijde linnen broek iets optrok. Hij was gek op haar lichaam, nog altijd; niks van te zien dat er van alles mis was met de gewrichten. Sonja stak haar tengere arm uit naar een transistorradio en zocht de zender met de nieuwsberichten, daarna pakte ze een ronde pot die onder de ligstoel stond. Omdat haar huid door de operatie dunner en droger was geworden, wreef ze haar benen voortdurend in met cacaoboter. Als ze nu zou sterven, zou hij die geur voor altijd met haar associëren.

Hij beet op zijn onderlip. Hij mocht zijn frustratie niet op haar afreageren, zij had het al zwaar genoeg. Hij moest hier weg, naar het Oosterbad, een paar baantjes trekken. 'Het gal eruit zwemmen' noemde Sonja dat. Daarna kon hij er weer tegen, zou hij lankmoedig zijn taken hervatten en voor zij erom vroeg de parasol verzetten, de afwasmachine uitladen, haar kuiten masseren. Het kon nog net, zoëven had hij de klok van het kerkje in Meddo twee uur horen slaan. Tot drie uur was het volwassenenzwemmen, daarna kwamen er weer kinderen, jongens die boven op je doken en meisjes die zo snerpend gilden dat je er bijkans doof van werd.

Als je een schuine streep van Meddo door Winterswijk trekt, kom je in Kotten uit. Daar rolde een dertigjarige man, genaamd Gerrit, zijn onderbroek in een met tropische vissen bedrukte handdoek. Hij had nachtdienst gehad en was pas een halfuur geleden wakker geworden, had nog niet eens ontbeten, alleen een kop oploskoffie gedronken. Vlug schoot hij zijn jack aan, pakte in het voorbijgaan een appel en een banaan van de schaal en propte het fruit in zijn zakken. Na het zwemmen ging hij direct door naar zijn werk, naar het ZOM, naar Zorg Op Maat, om voor de zoveelste keer deze maand een dienst over te nemen van een collega.

Hij gaapte, van weerzin vooral omdat hij zo stom was geweest: het was slopend om na een nachtdienst meteen weer te moeten werken, maar hij durfde geen nee te zeggen als iemand een beroep op hem deed. Hij probeerde er niet aan te denken, aan al die oudjes straks, aan weer acht uur lang geduldig moeten zijn, behulpzaam en vriendelijk. Eerst naar het zwembad, een beetje op zijn rug drijven, zijn vermoeide schouders laten masseren door een waterstraal. De meeste mensen vonden die straal te hard, maar hij vond het wel iets opwindends hebben, alsof hij betast werd door de sterke handen van iemand die hij nooit te zien zou krijgen.

Toen hij naar zijn auto liep merkte hij hoe warm het was, vochtig als in een sauna. Hij weifelde even of hij niet beter naar het Hilgelomeer kon rijden. Daar had je uitgestrekte grasvelden waar je in de schaduw van hoge berken kon liggen slapen. Nog niet zo lang geleden had hij het opnieuw ontdekt. Als puber vond hij het meer te koud, in het voorjaar vooral, en in de rietkragen zaten altijd kikkers. Pas later, toen het hem lukte zijn meisjesangst voor glibberig wier en dril te overwinnen, trok hij er op zomerdagen steeds vaker naartoe. Uren kon hij op zijn buik liggen en wegdoezelen, door zijn wimpers naar de jongens staren die van de pontons af doken, opgeschrikt worden door hun gelach. Dan stelde hij zich voor dat hij een van hen was. Hij aarzelde. Het was warm genoeg om buiten te zwemmen, en de gronderige geur van het water was veel aangenamer dan de chloordampen in het Oosterbad. Maar in het meer was geen massagestraal, en hij kon het zich vandaag ook niet veroorloven om in het gras te liggen dromen.

Als Gerrit had geweten wat hem in het Oosterbad te wachten stond, was hij er dan ook heen gegaan? Hij kon het niet weten, want wat Arend deed lag niet vast, het was niet voorbeschikt; er werd geen val voor Gerrit klaargezet. Van zulke streken bedienen wij ons niet. Arend Jan de R. had zich kunnen beheersen, of oversteken naar de andere kant van het zwembad, of weggaan omdat het te druk was. Kansen te over, maar hij hield zich doof en blind voor mijn suggesties.

Vlak na elkaar kwamen de beide mannen bij het Oosterbad aan. Arend was al op weg naar de wisselcabines, toen Gerrit het gebouw in liep en een kaartje kocht. De achterstand werd ongedaan gemaakt doordat Gerrit zich vlugger omkleedde, want hij had al bij het opstaan besloten te gaan zwemmen en meteen zijn zwembroek aangetrokken. Tegelijk verlieten de mannen de badhokjes en hingen ze de haak met kleding aan het rek. Toen Gerrits blik op de voeten van Arend viel, zei hij: 'O ja', hij moest ook zijn teenslippers aantrekken, voor je het wist liep je hier wratten op, of voetschimmel. Even stonden ze halfnaakt broederlijk naast elkaar onder de douche en wisselden automatisch een groet, waarbij Gerrit zijn ogen vlug langs het lichaam van Arend liet gaan, die druk bezig was de paarse sapvlekken die een handje bramen op zijn vingers hadden achtergelaten, weg te boenen.

Gerrit had hem hier al vaker gezien en iedere keer had hij dezelfde gedachte: knappe, beschaafde man, niet gespierd maar met geen gram te veel vet om zijn middel, zo wilde hij ook wel oud worden. Na afloop van het zwemmen stond de Engelsman, zoals Gerrit hem in gedachten noemde omdat hij eens had opgevangen dat de man leraar Engels was, altijd minutenlang aan de rand van het bad het beetje haar te kammen dat hij nog had. Daarna deed hij nog wat rek- en strekoefeningen, waarbij het hem niet kon ontgaan dat mensen bewonderend naar hem keken. Gerrit had zijn blik weleens proberen te vangen, maar de Engelsman zag hem nooit staan, althans niet op de manier waarop hij door hem gezien wilde worden. Hij was zo'n man die iedereen even hoffelijk groette, de badmeester, de vrouwen onder de douche, ja, de jonge vrouwen vooral, en vervolgens onverstoorbaar een vast aantal baantjes trok. Gerrit keek hem na: hoe zelfverzekerd hij naar de rand van het diepe liep, zich concentreerde, en toen sierlijk het water in dook.

In het begin deed Arend het altijd kalm aan. Hij streefde ernaar geleidelijk een tempo op te bouwen; de eerste baan deed hij niet veel anders dan zijn stramme ledematen zo ver mogelijk uitstrekken. Het duurde een minuut of wat voor hij een slag had die niet te snel en niet te langzaam was voor zijn ademhaling. Een slag waarbij hij precies wist hoe lang hij kon uitdrijven, voordat hij zijn armen opnieuw spreidde en de benen introk.

Als hij het juiste ritme eenmaal te pakken had bezorgde het zwemmen hem een groot gevoel van welbehagen, vergelijkbaar met vrijen, of met langzaam een glas rode port leegdrinken. Het had met vrijen en drinken gemeen dat hij zich na afloop lichter voelde dan ervoor, mild, voldaan. Hij genoot van het geluid van opspattend water, van het moment dat wangen, oogleden, voorhoofd het water raakten. Als hij zich voorstelde dat iemand vanaf een tribune naar hem keek, dat al zijn bewegingen er mooi, elegant maar toch krachtig uit moesten zien, werden zijn slagen steeds vloeiender, en schoot hij steeds sneller door het bad.

Hij begon juist op dreef te raken, toen er in zijn baan twee vrouwen opdoemden. Eerst zwommen ze samen op, ver genoeg voor hem uit om hem niet te hinderen, als hij rustig aan deed hoefde hij hen niet eens in te halen. Maar plotseling hielden ze stil, en midden in het bad gingen ze rechtop staan – precies in zijn baan – met de rug naar hem toe. Al hadden ze hem zien aankomen, dan nog waren ze niet opzijgegaan, zó gingen ze op in hun gesprek.

Aan beide zijden van het zwembad waren zitjes met plastic palmen. Aan de overkant was de bubbelhoek waar je zo lang je wilde kon rondhangen. Maar zij moesten uitgerekend hier, in zijn baan, met elkaar converseren! En waarover? Over operaties ongetwijfeld. Over verre reizen die met operaties gemeen hadden dat er van alles mis kon gaan, zodat je er in het zwembad fijn over kon klagen. Hoepel op. Zelfs als er weer ergens een bom in een schoolbus was ontploft, hoorde je links en rechts dat muffe geklaag. Alsof al die mensen op hun eigen, kleine eilandje woonden. Er totaal geen weet van hadden wat er in de rest van de wereld gebeurde. Alsof er geen grotere ramp was dan een defecte droger. Zegels die niet meer geldig waren. De verzekering die niet uitbetaalde. Opkrassen!

'Hallo, dames,' riep hij joviaal, maar hij dacht: had ik maar een mitrailleur bij me.

'Nee, toen zat ik toch met die knie,' hoorde hij de ene vrouw zeggen.

Zie je wel, iedereen praatte alleen nog maar over kwalen. Als hij naar sport op tv wilde kijken om zich te laven aan mannen en vrouwen in de kracht van hun leven, ging het daar ook al over blessures, een scheur in de hamstring – het woord alleen al. Alsof een mens alleen maar een homp vlees was en niet ook een geest had, over wilskracht beschikte waarmee hij pijn kon wegdenken. O, wat voelde hij zich gezond, en wat haatte hij dat gekwakkel.

'Hallo, dames, uit de weg!' riep hij weer.

Verstoord keken de vrouwen om, maar hij was al

uitgeweken, anders kon hij van voren af aan beginnen, met ademen, tellen, vaart maken. De rechterstrook was bepaald niet zijn favoriete, door dat onzinnige ding halverwege, die mond die doorlopend water uitbraakte, het begon hier steeds meer op een pretpark te lijken. Week hij iets van zijn koers af, dan kletterde die waterval over hem heen, zo hard dat hij naar adem snakte. Als er iemand onder de straal stond was de doorgang eigenlijk te nauw. En ja hoor, er stond iemand onder, die slome knul met dat armoedige snorretje, liet nu eens de linkerschouder dan weer de rechter door de straal bewerken. Zo nu en dan boog hij zich voorover om zijn rug te laten masseren, waarbij zijn dikke achterste gevaarlijk ver uitstak. Zoals hij daar stond, zich van niets of niemand om zich heen bewust, echt, hij vroeg er toch om?

'Uitkijken,' riep Arend, zo luid alsof hij een rumoerige klas toesprak, maar het geraas van water op water overstemde hem en vermengde zich met het geroezemoes. Zonder over zijn schouder te kijken, stapte de jongen achteruit, juist toen Arend hem passeerde. Hij zou armen en benen kunnen intrekken om er als een aal voorbij te glippen, een trucje dat hij wel vaker toepaste. Maar nu spande hij zijn spieren, hij werd één bonk kracht, sloeg zijn benen uit, voelde hoe zijn linkervoet het slobberige middel van de jongen raakte – spande zich nog eens extra in, en boorde zijn hiel diep, dieper in het weke vlees.

'Au!'

De pijnscheut die door Gerrit heen trok, kan ik niet meer voelen, al duizenden jaren niet, zelfs niet als fantoompijn. Toch schrok ik. Het kletsende geluid van een vlakke hand tegen een kinderwang, een harde schop, een welgemikte klodder spuug – ik wen er nooit aan dat mensen elkaar met opzet pijn doen. Ik had een gewaarwording die ik vroeger, toen ik nog een lichaam had, misselijk genoemd zou hebben, maar ik heb geen maag meer die zich om kan keren. Toen Gerrit naar zijn middel greep, drong tot me door dat ik de hoop op een goede afloop moest laten varen. Want die kans werd wel heel gering nu de angel in het vlees van Gerrit terechtgekomen was – uitgerekend in Gerrit S., die binnenvetter.

Stroomopwaarts (2)

Op hetzelfde ogenblik sneed Edith met een stanleymes de buik van een konijn open. Ze had het speelgoedbeest vijfendertig jaar geleden bij haar geboorte gekregen. Zij kon zich dat natuurlijk niet meer herinneren, en ook niet hoe wit het toen was geweest, hoe roze de binnenkant van zijn oren, hoe donzig zijn staart. Vaalbeige was hij nu, haar Co, en kaal op de plekken waar hij jaar in jaar uit was gezoend. Rond zijn oren zaten hechtingen in verschillende kleuren garen, littekens van ruzies omdat haar zusje hem telkens van haar probeerde af te pakken. De operatie die Co nu onderging – een race tegen de klok, de koerier was al onderweg – zou waarschijnlijk zijn laatste zijn.

Toen Edith het konijn onder haar dochters bed vandaan had gevist, had ze even moeten slikken, maar de tijdsdruk maakte haar koelbloedig. Voor een vreemde was het een oud vod, het stelen niet waard. Als ze Co in een vervilte poppendeken wikkelde, samen met een paar sokjes of een slabbetje zou het lijken alsof het om babyspullen ging die per ongeluk vergeten waren. Terwijl Miriam de buikwand openhield, plukte Edith de kapokachtige vulling uit het konijn. Co had jarenlang bij haar in bed geslapen. Toen ze naar de middelbare school ging, was hij naar een plank boven het bed verhuisd, en ten slotte op de vliering in een mand met oud speelgoed terechtgekomen, waaruit ze hem, toen ze op kamers ging wonen, weer had opgedolven. Sindsdien was hij steeds meeverhuisd, en toen de kinderen werden geboren kregen zij op hun beurt ieder een eigen dier – een egel en een aap –, maar ook Co zwierf altijd wel ergens op een van de kinderkamers rond. Hij hoorde er gewoon bij.

Nadat zij de medicijnen uit hun verpakking had gehaald, en samen met de gebruiksaanwijzing in het konijn had gepropt, dat nu letterlijk stijf van de pillen stond, naaide Miriam het beest weer dicht, met minuscule steekjes, zodat zelfs de meest achterdochtige ambtenaar niets zou opmerken. 'Wat zijn we slim, hè,' zei Edith toen Miriam de hechtdraad doorbeet. 'Echt, James Bond is er niks bij', om zich meteen te realiseren dat die naam Miriam waarschijnlijk niets zei. Maar Miriam knikte en antwoordde: 'Jij, 007. Ik, 008.'

Hoe zouden de kinderen reageren? vroegen ze zich af. Kinderen wilden immers nooit dat er iets veranderde; versleten kleren, verfomfaaide stripboeken, te korte ski's, kapot speelgoed – alles moest altijd bewaard blijven, maar waar, daar stonden ze niet bij stil. Mama, nee, niet Co! Hoe kon je dat nou doen, had je niet iets anders kunnen nemen? Ze had weinig keus gehad, alles wat ze door haar handen had laten gaan was te nieuw, te glimmend. Zelfs de dozen met oude kinderkleren die Miriam naar Afghanistan opstuurde werden geplunderd. De enige reden dat ze daar nog mee doorging was dat de dieven, om niet tegen de lamp te lopen, nooit de volledige inhoud van een pakket meenamen, zodat er althans iets op de plek van bestemming aankwam.

De bel ging en Vanessa begon oorverdovend schel te blaffen. Edith trok Co uit Miriams handen, en gaf hem een laatste zoen op zijn neus. Als de kinderen erg sentimenteel werden, zou ze hun vertellen waarom Co was opgeofferd. Net als de verkouden bouwvakker, de zakenman, de dokter en de apothekeres zou het hen met trots vervullen. Ze zouden zelf ervaren wat het is even boven jezelf uit te stijgen. En als ze het dan nog niet begrepen, zou ze zichzelf als voorbeeld nemen: we moeten allemaal wel eens iets doen waar we geen zin in hebben. Neem de hond, ik wilde ook geen hond. Nee, ik vind haar helemaal niet ontzettend lief. Het eerste wat ze deed toen ze hier binnenkwam was op het nieuwe kleed plassen. Als ze haar maar niet chanteerden, een ruil voorstelden: nu Co weg is mogen we Vanessa zeker wel houden, mam? Toe, alsjeblieft, ze kwispelt, ze herkent ons al.

De jongen had verschillende maten dozen bij zich en zocht er een uit waar Co precies in paste. Toen hij het vrachtetiket invulde vroeg hij wat hij op moest schrijven: 'Speelgoed/toy?'

'Used pets,' zei Edith.

Glimlachend vulde de jongen het biljet in, maar dat merkte Edith niet op. Zij wist niet dat bij Swift het verhaal over het pakje naar Kandahar van mond tot mond ging, en steeds dramatischer en schilderachtiger werd. De kleinzoon van Miriam woonde allang niet meer in een bakstenen huis, maar in een tent in een onherbergzaam gebied. Hij was de zoon van een kamelendrijver en een tapijtknoopster, en hoorde bij een nomadenstam die in totale afzondering leefde; via via kende hij iemand in Driebergen, die weer een kennis was van de vrouw van de baas.

De koerier was verguld met deze opdracht. Hij begreep niet altijd even goed waarom hij in een oranje autootje door het land sjeesde, maar vandaag was zijn rol hem volkomen duidelijk. Als hij zijn vriendin vanavond zou vertellen dat hij in allerijl een pakje naar het vliegveld had moeten brengen voor de zoon van een kamelendrijver, zou ook zij beseffen dat hij deel uitmaakte van een groter verband. Dat hij een hoger doel diende dan het nastreven van de beoogde omzetcijfers en het behalen van winst voor Swift.

Nu gebeurde het wel vaker dat het personeel, van hoog tot laag, zich als één lichaam tot het uiterste inspande om een klus te klaren, maar vandaag was er nog iets anders gaande. Berend was meteen naar Jaap toe gesneld met het verzoek om contact op te nemen met een koerier in Kabul. Telkens waren de mannen bij elkaar in en uit gelopen om te overleggen wat de snelste route was, via Teheran, of via Lahore. Over Parijs of over Londen, waarheen vertrok het eerst een vlucht, en welke vlucht had de beste aansluiting? Zo diende het pakje voor Afzal ertoe het moeizame begin van de dag uit te wissen.

En dat verlangen zich met elkaar te verzoenen breidde zich snel uit, vermenigvuldigde zich: in de e-mail waarin Jaap meldde dat hun man in Kabul zich bereid hield en of Carla Edith wilde bellen om te vragen hoe laat hun koerier het pakje kon afhalen, bood hij zijn secretaresse in een PS zijn excuses aan. Carla las het bericht, en dacht: eindelijk gerechtigheid, toch merkte ze dat ze niet zo blij was als ze zou moeten zijn. Er zat haar iets dwars, ze wist alleen niet wat. Terwijl ze in de kantine een kiwi schilde, viel haar oog op de blote benen van een collega en ineens herinnerde ze zich het sollicitatiegesprek. Of liever, ze besefte hoe weinig ze zich ervan herinnerde. *Afwijzen* had ze op de brief geschreven, in grote letters, maar op grond waarvan? Als ze dadelijk op het parkeerterrein over die sollicitante struikelde, zou ze haar niet eens herkennen. Misschien moest ze haar vanmiddag toch nog even terugbellen. Haar een tweede kans geven.

Haar voornemen kwam te laat, althans te laat voor Gerrit. Hij kromp ineen en waadde naar de kant om van de schrik te bekomen. Langzaam ebde de pijn weg. Sorry, riep de man hem uit de verte toe. Krijg nou wat, ouwe ijdeltuit, dacht Gerard, is dat alles, sorry? Hij bleef een poosje staan, tot zijn middel in het water. Het leek vandaag veel kouder dan anders, en hij vond het eigenlijk ook een ranzig idee dat al die mensen in hetzelfde bad rondpoedelden. Maar hij bleef staan, de huid van zijn handen en voeten werd al wit en sponzig, meestal was dit het moment om te vertrekken, nu bleef hij en wachtte af.

Iedere keer dat de Engelsman hem passeerde, probeerde hij zijn blik te vangen, maar meneer zwom rustig door en deed alsof zijn neus bloedde. Ongelooflijk. Gewoonlijk groette hij iedereen even hoffelijk, altijd liet hij vrouwen en mannen die ouder dan hij waren voorgaan bij het douchen, en nu, nu hij alle reden had om zijn best te doen bleef het bij 'sorry'.

Gerrit klauterde het trapje op. Voorzichtig, het deed nog steeds een beetje pijn, vooral als hij erop drukte, daar ja, au... Toen hij zijn handdoek oppakte en zich omdraaide om naar de douche te gaan, was de man juist aan het eind van een baan en hij stopte om op adem te komen. Zijn mondhoeken hingen naar beneden in een misnoegd boogje. Hun blikken kruisten elkaar, heel even, en toen begon het Gerrit te dagen, de twijfel botte razendsnel uit tot argwaan. Nee, hij verbeeldde het zich niet: de Engelsman meed zijn blik, keek vlug weg, schichtig ja. Waarom, waarom deed hij dat?

Tijdens het afdrogen in het veel te nauwe hokje werd hij steeds kwader. Waarom ik, dacht hij, waarom moeten ze altijd mij hebben? Toen hij ook nog zijn teen stootte, sprong hij zowat uit zijn vel. Een halfuurtje ontspanning, is dat te veel gevraagd? Heb ik daar soms geen recht op na zo'n zware nachtdienst? Ik sloof me voor iedereen uit, en wat krijg ik ervoor terug... Hij ging zijn beklag doen bij de badmeester, of bij de juffrouw achter de kassa, of beter nog, meteen bij de directie. Maar hoe wilde hij aantonen dat het geen ongelukje was geweest? Hij zou voor gek staan, niemand zou geloven dat zo'n nette vent tot zoiets in staat was. Nee, het enige wat erop zat was hem met gelijke munt terugbetalen. Die arrogante klootzak de volgende keer eens flink pakken. Hem bij een vlinderslag een ram verkopen, een blauw oog slaan en dan in het voorbijgaan zeggen: 'O, sorry, hoor. Ik zag u niet.'

III

De droom van de tuinman

Van grote hoogte lijkt het bospad een rivier, de pick-uptruck een motorbootje. Het geronk van de motor reikt tot ver boven de boomtoppen. Vanuit de verte kan ik niet zien of de auto zich stroomopwaarts of stroomafwaarts beweegt. De jongen die zijn auto stilzet op het verlaten bospad, iets voorbij de steen-groeve, heeft niets kwaads in de zin. Tycho heet hij. Zijn mobieltje ligt naast hem op de stoel, en hij pakt het om zijn laatste klant van vandaag te bellen. Is het goed dat hij wat eerder komt; hij is nu op weg naar de stad, daarna rijdt hij direct naar haar toe.

Het nummer van Fransje stond achter in zijn agenda, en die had hij, gelukkig, dankzij een vilt-stiftkruisje op zijn hand dit keer ook bij zich gestoken. Echt, het leven ging hem steeds beter af, stukje bij beetje kreeg hij meer greep op de chaos. Sinds een paar weken had hij een tafel met een laatje, speciaal voor zijn papierwerk, hij was nooit meer iets kwijt. Hij moest de agenda in het licht houden om het nummer te kunnen lezen want de hele pagina was beduimeld. Alles wat hij in zijn handen nam raakte beduimeld, zijn nagels waren altijd zwart van de aarde waarin hij de hele dag stond te wroeten, doodgravershanden zei zijn stiefmoeder, maar die had ook altijd wat te zieken.

Zijn gsm gaf geen sjoege. Geen paniek, zo vlak bij de Duitse grens had hij wel vaker geen bereik. Maar nu verscheen in het schermpje een sms-bericht: zijn nummer was afgesloten. Hoe kon dat nou, hij had de rekening toch net betaald? Met een acceptgiro nog wel – o nee, dat was vorige maand, de tijd ging ook zo snel – een paar weken geleden had hij nog een brief gekregen: ze zouden in de toekomst niet meer automatisch afschrijven, maar een rekening sturen. Ook goed, dacht hij toen, wel zo overzichtelijk. Die rekening had hij echt betaald, jazeker, want hij was nog bij zijn oma langsgeweest om geld te lenen.

Hij verschoot van kleur. Plotseling herinnerde hij zich dat hij zondag in een opruimwoede een stapel post die hem door zijn vorige hospita was nagestuurd, ongeopend had weggemikt. Daar had die rekening natuurlijk bij gezeten. Nu ja, dan maar niet bellen, Fransje – zoals hij haar mocht noemen, 'u' maar Fransje – deed nooit zo moeilijk. Waren alle klanten maar zoals zij, zij gaf hem de vrije hand in haar tuintje, in haar paradijs zoals zij het noemde. Zij waardeerde het dat hij ook wel eens iets anders in de borders zette dan die eeuwige afrikaantjes, van haar mocht hij gerust drie kleuren dahlia's door elkaar planten.

Fluitend reed hij verder, de Steengroeveweg af richting Winterswijk. Hij liet zijn humeur niet verpesten door een afgesloten telefoon. Hij was die ochtend wakker geworden in de vaste overtuiging dat dit zijn dag was en zíjn dag zou het blijven. Vandaag was het zover. Dit was de dag waarvan hij zo lang had gedroomd. Aan het eind van de middag, zodra hij klaar was met het werk, ging hij een proefrit maken, op de Yamaha XT 500, uitgebracht in '81, met een aluminium tank en goudkleurige velgen. Hij had er foto's van gezien, er rondjes omheen gedraaid op de Motor Rai, maar nu zou hij haar ook echt voelen: hoe ze reageerde op het aandraaien van de gashendel, het geraas van de motor, hoe ze in de bocht lag. Twee jaar lang was er maandelijks een vast bedrag van zijn inkomen direct naar een aparte rekening doorgesluisd, geld waar hij niet aan kon komen. Volgende week – op zijn eenentwintigste verjaardag – zou dat gespaarde bedrag door zijn vader worden aangevuld en werd de Yamaha de zijne. Hij had zijn motorrijbewijs in een keer gehaald. En toen, na maanden zoeken was hij in de *Via Via* op een advertentie gestuit: wegens omstandigheden te koop aangeboden. De eigenaar moest er blijkbaar vanaf want hij deed de Yamaha voor vijftienhonderd euro van de hand. Dat was te geef, echt, dat zei iedereen die er wat vanaf wist. Maar voor hij er een stukje op mocht rijden wilde de eigenaar een borg hebben, contant. Hij reed over de Ratumsestraat de stad binnen, naar de Markt, daar kon hij dicht bij een pinautomaat parkeren. Hij mocht niet te lang wegblijven, want zijn gereedschap, zijn hele bedrijfskapitaal, lag zo voor het grijpen in de laadbak. Zijn vader zou trots op hem zijn: het lukte hem steeds beter vooruit te denken.

In de opwinding toetste hij zijn pincode tot twee keer toe verkeerd in. Pas toen hij het ezelsbruggetje opzei, klonken in zijn hoofd de juiste cijfers, als een vertrouwd kinderrijmpje. Hij keek over zijn schouder of er iemand stond – en ik schrok, ik schrik dan altijd, eventjes, omdat het me de sensatie geeft zichtbaar te zijn – maar er stond niemand achter ons. Plechtig drukte Tycho de toetsen in, de geheime spreuk die de steen zou wegrollen, Sesam open u.

Het was niet alleen de motor die op hem wachtte. Zodra hij die motor bezat, kon hij zijn meisje tegen het lijf lopen, eerder niet, aan die volgorde viel niet te tornen. Als hij haar vorig jaar of vorige maand was tegengekomen, was de kans groot geweest dat hij zich vergiste, dat het geen motormeisje was en dan kon het niets worden. Zijn toekomstige vrouw moest ertegen kunnen dat hij naast haar nog een grote liefde had waarmee hij uren doorbracht, om het chroom te poetsen, de ketting te smeren, de kleppen te stellen.

'S Avonds voor hij insliep zag hij haar voor zich, ze droeg een zwart met wit afgebiesd, leren motorpak met overal ritsen. Hij wist precies hoe het klonk – zaf, zaf – als hij het pak openritste; halflang rossig haar had ze, dat net onder de helm uit krulde. Ze had haar armen om zijn middel geslagen, hij voelde de warmte van haar huid door het leer heen en als hij naar beneden keek zag hij haar ineengestrengelde vingers op zijn buik. In een ander visioen reed ze naast hem op haar eigen motor over een kronkelend landweggetje in Zuid-Limburg vanwaar ze doorstaken naar België, vervolgens heel Frankrijk door tot voorbij de Pyreneeën. Zijn droom had zelfs een geur: het stof van een lange droge zomer, uitgestrekte lavendelvelden en benzine. Ze hadden haast niks bij zich, zo min mogelijk spullen – dat was de ware vrijheid. Slaapzak, een extra stel kleren, gereedschap, een primus. Waar het mooi was stapten ze af, hadden ze het wel weer gezien dan reden ze gauw door. Geen gedoe met jeugdherbergen, reserveringen, kampeerkaarten. Van de weg afslaan, een pad afrijden, het bos in en dan uit het zicht bij een rivier een vuurtje aanleggen, een paar vissen roosteren, zwemmen, vrijen onder de blote hemel.

Het scherm van de geldautomaat lichtte rood op en op hetzelfde moment verdween zijn pas. OM VEILIGHEIDSREDENEN IS UW PAS INGENOMEN, NEEM CONTACT OP MET UW BANK. Ongelovig staarde hij naar de mededeling, terwijl allerlei bedragen door zijn hoofd schoten: laatst stond er nog honderdvijfenzeventig euro op zijn rekening, hij had deze maand maar één T-shirt gekocht, zaterdag wat geld opgenomen om uit te gaan; en hij mocht toch driehonderd euro rood staan? Razendsnel rekende hij uit wat er in de afgelopen weken afgetrokken kon zijn, waar hij gepind had en hoeveel. Het duizelde hem. Hoe kon dit nu gebeuren, uitgerekend vandaag? Pa had hem een zakboekje gegeven waarin hij moest bijhouden waar hij zijn geld aan uitgaf, maar dat had hij nog geen week volgehouden. Was ook niet meer nodig, hij had het tegenwoordig aardig in de hand. Nu moest hij toch weer geld lenen, maar van wie, van wie in godsnaam?

De droom van Fransje V.

De vrouw van wie Tycho het geld zou kunnen lenen lag op dat moment nog te slapen. Wat was ze broos in haar smalle, kuise bed. Mijn pennen begonnen te trillen, mijn veren ruisten. De oudsten, de weerlozen, hen treft het kwaad vaak het hardst. Maar voorlopig werd ze alleen nog belaagd door een zwerm bromvliegen, in haar droom; met armen en benen probeerde ze ze te verjagen. Toen dat niet lukte, sloeg ze op de vlucht, het huis uit, de tuin door, via het achterhek naar het weiland maar de vliegen bleven haar achtervolgen, zoemden om haar heen en kropen via oren en neusgaten haar hoofd in. Daarop stapte ze met kleren en al, in haar mooiste jurk, de anemoonblauwe die alleen gestoomd mocht worden, in de roestige badkuip die in de wei stond waar hij ooit als waterbak voor het vee dienst had gedaan. Even schoot haar te binnen dat het opperhoofd van Zorg Op Maat, van het ZOM, had gezegd dat ze nooit ofte nimmer zonder begeleiding in bad mocht. Wat een onzin, wat stelde zo iemand zich voor bij begeleid baden? Het fijne van een bad was nu juist dat je in gedachten kon wegdrijven. Het ZOM zou wel boos zijn als ze haar straks vonden, verdronken in een oude badkuip. En als ze de wastobbe zagen met een kruis erdoor, in het wasmerkje van haar jurk, zouden ze het hoofd schudden over zoveel domheid. Pas op, niet weggglijden! Probeer te gaan zitten. Maar haar handen gleden telkens weg alsof de kuip was ingesmeerd met koeienvlaai. Daar ging ze weer, kopje onder, tegenstribbelend, schreeuwend om hulp. Met een zwiep van haar been verjoeg ze een vlieg die toch nog kans had gezien op haar grote teen te landen, er ging een schok door haar lichaam – en toen werd ze wakker.

Haar hart ging tekeer, ze hoorde het bloed in haar oren suizen, maar dat kon haar niets schelen, zo opgelucht was ze dat het een droom was, niet echt, niet echt gebeurd... Ik ben er nog, fluisterde ze, dank u, God, dank u dat ik gewoon in bed lig en niet op een laag rottende bladeren in bad. Haar jurk plakte aan haar rug en ze draaide zich op haar zij. Met opgetrokken knieën bleef ze liggen om op adem te komen, haar ogen te laten wennen aan het licht dat, gefilterd door de markies boven het raam, de kamer in een oranje gloed zette. De vitrages hingen roerloos, het was volkomen windstil; door de open ramen hoorde ze het vredige geronk van een tractor in de verte. Duizelig was ze, maar dat was ze wel vaker bij het wakker worden, dat ging vanzelf weer over.

De dagen nemen zoals ze komen, vroeger zou ze misschien gezegd hebben: het leven nemen zoals het komt, maar dat was grootspraak, aan één enkele dag had ze de handen vol. Vanmorgen nog had ze gedacht: wat een prachtige septemberdag is dit, en nu lag ze bij te komen van de ellendigste droom die ze in jaren had gehad. Ze liet haar ogen langs de witgekalkte muren glijden. Een cel, zeiden haar familieleden, en dat was het ook, hier woonde en sliep ze, meer ruimte had een mens niet nodig.

Bij het raam stond een vierkanten houten tafel waaraan ze at, las en brieven schreef, met twee knopstoelen; in de hoek een kastje met alleen die boeken waar ze steeds opnieuw naar greep. Tegen de rechter zijmuur een smalle kast voor haar kleren – ook zo weinig mogelijk – een paar stuks voor de winter, iets luchtigs voor de zomer, en iets stemmigs voor begrafenissen. Links een klein keukenblok, zonder overbodige apparaten, en in het verlengde daarvan de gang naar de witbetegelde badkamer. Die aanbouw was haar enige luxe, op de jurk na, die ze zojuist in haar droom had verpest – kom Frans, doe niet zo schijnheilig: en die jas dan van vorige winter toen je dacht dat het bedrag op het kaartje guldens waren in plaats van euro's, en de tuinman vier keer per jaar?

Verder streefde ze ernaar sober te leven; ze had geen televisie, geen computer, alleen een radio. En ook gaf ze zo min mogelijk geld uit. Wat ze overhield gaf ze weg aan mensen die het harder nodig hadden dan zij. Je leeft als een kluizenaar, zeiden haar broers en zusters, maar dat was overdreven. Als zij met iemand wilde praten hoefde ze alleen de telefoon te pakken. Hooguit een keer per week deed ze dat, maar iedere dag belde haar zusje háár, dat wel, voor haar eigen gemoedsrust. Toch hadden ze wel een beetje gelijk: ze wilde als een monnik leven, zonder al te veel afleiding. De stilte vertelde haar alles wat ze wilde weten.

In een schrift hield ze bij voor wie ze wilde bidden en waarom; daardoor leefde ze niet in een isolement, ze stond juist midden in de wereld. Als zij iemand tegenkwam die ze in geen jaren had gezien, had ze niet de spijt van een niet te overbruggen kloof, noch in tijd, noch gevoelsmatig, want ze had dit gezicht voor zich gezien tijdens het bidden. Niet alleen voor wie haar lief was bad ze, ook voor mensen die ze alleen kende van foto's uit de krant, niet bij name maar alleen van initialen; voor moordenaars met een balk voor de ogen, voor verkrachters, voor terroristen. En voor de lange baardenman, die zich het brein noemde achter de laatste aanslagen, kom hoe heette-ie, voor hem bad ze ook, zij het heel kort.

De dagen nemen zoals ze komen, deed ze dat werkelijk? De dagen misschien wel, maar de dood? Dag in dag uit oefende ze zich in niet bang zijn, geen eisen stellen aan hoe de aftakeling zich aandiende, geen gemarchandeer van liever doof dan blind, liever iets aan m'n maag dan aan m'n lever. Maar zo'n gruwelijke dood als daarnet, in die droom... Ze kwam overeind, sloeg haar handen om haar ellebogen, hield zichzelf stevig vast. Vreemd, in die droom had ze niet gebeden, ze was het vergeten of nee, niet eens vergeten, van alles was haar door het hoofd geschoten, maar geen woord van de gebeden die ze sinds haar kindertijd had opgezegd, gedacht, gemompeld. Uw wil geschiede... alsof het een taal was die ze nooit had gesproken, haar geheugen een zwart gat, niets... Wat een verschrikking. Als haar tijd gekomen was en zij zich de woorden niet meer kon herinneren, dan kon iemand ze haar toch influisteren? Maar stel dat ze alleen was als het moment daar was, wat dan?

Ze slingerde haar benen over de rand van het ledikant en sprak zichzelf in gedachten streng toe. Het is nog niet zover, ik mankeer niets. Het is halfvier, tijd voor de wandeling. Ze tastte in de zak van haar zomerjurk, maar stond niet op. Roerloos zat ze op de rand van het bed, een suikerklont voor de paarden in haar hand geklemd. Hoorde ze daar nu toch een zwerm vliegen of was het een brommer, of een elektrisch karretje van een van de bewoners van Erve Leeverdink? Nee, dit voertuig reed veel harder, bij de afslag naar de hoeve minderde het nauwelijks vaart. Het grind van de toegangsweg spatte op, de ganzen op het erf begonnen allemaal tegelijk door elkaar heen te gakken.

'Het kan gebeuren, dat moet ik onder ogen zien. Zo'n einde als in die droom, een en al paniek en gespartel, niks sereen en met een glimlach om mijn lippen. Het kan...' Ze keek naar het kruis aan de muur naast het bed en dacht: en het kan nog veel erger. Het is niet waar dat een mens sterft zoals hij heeft geleefd, en dat wie zich overgeeft ook vanzelf kalmpjes wegzeilt. Het is geen beloning voor een goed leven, misschien krijg ik wel de dood van een ander.

Ze rechtte haar rug, verrast door dit inzicht waarvan ze op hetzelfde moment al wist dat het niet van haarzelf was: misschien sterf ik de dood van een zwerver onder een brug, en hij de mijne, berustend alsof-ie in bed ligt onder een koel, schoon laken. Wat een makkie, denkt hij terwijl hij zijn laatste adem uitblaast. Wie weet is de dood als een jas, en sta ik straks in een schemerdonkere vestiaire en pak op de tast een voddige jas aan, en iemand anders de mijne, de gevoerde die zo soepel om me heen valt, behaaglijk warm is en niet te zwaar. In een paar passen was ze bij de boekenkast. Waar had ze dit gelezen, wie had dit geschreven, opdat zij het op een dag zou kunnen lezen, eroverheen lezen eerst omdat ze het nog niet begreep, om het zich later – nu – nu ze het nodig had te herinneren, zo duidelijk alsof de woorden op de muur geschreven stonden.

Bij Leeverdink werd aangebeld, als de hoge schuiframen aan de voorkant van het verzorgingstehuis openstonden, hoorde ze het geklingel van de ouderwetse trekbel in de hal weerkaatsen. Die bel herinnerde haar eraan dat ze helemaal niet kon gaan wandelen vanmiddag, ze had een afspraak, meerdere zelfs, voor haar doen had ze een druk programma. Dadelijk kwam er iemand van het ZOM, G.P. had ze op de kalender geschreven, maar ze was vergeten waar dat voor stond; om vier uur kwam Tycho wat wieden. En rond halfzes verwachtte ze haar achternichtje, die haar nieuwe vriend wilde voorstellen, bepaald een eer, want zij, de vrijgezelle oudtante, kreeg hem als eerste van de familie te zien.

Ze gooide een paar plenzen koud water in haar

gezicht, legde een schoon kleed over de tuintafel, zette vast glazen neer en een mok voor Tycho want die dronk, ongeacht het uur van de dag, zwarte koffie met veel suiker. Ze was juist begonnen een bodempje vlierbessensiroop in een kan met water aan te lengen toen ze voetstappen hoorde op het pad naar de voordeur. De bel deed het al jaren niet, de voordeur stond altijd open en de paar mensen die hier regelmatig over de vloer kwamen wisten dat. Die liepen meteen door, of om het huis heen naar de tuin als ze daar bezig was. Ze hoorde de brievenbus klepperen, maar er viel niets op de mat; er werd op de deur geklopt, gekucht maar toen ze riep: 'Kom verder,' gebeurde er niets.

Gerrit was van het zwembad eerst naar zijn werk gereden om zijn verbandkoffertje op te halen. Hoewel hij zich belabberd voelde, had hij zich niet ziek gemeld. Plichtsgetrouw als hij was, hield hij zich aan zijn belofte en nam de dienst van een collega over. Hij wilde geen spaak steken in het raderwerk van het ZOM, want als er iets fout ging kreeg hij natuurlijk weer de schuld.

Arme Gerrit, ik zag hem met lede ogen gaan, maar nu bij Fransje voor de deur werd ik nieuwsgierig naar het vervolg. Bang en benieuwd tegelijk: zou zijn wraakzucht op haar afketsen? In miljoenen stukjes uiteenspatten en op zijn briesende adem verspreid worden over de glooiende akkers van dit lieflijke land? Ze had zoiets innemends, iets ontwapenends. Dat kon zijn uitwerking toch niet missen?

Laat ons hem het voordeel van de twijfel gunnen, wie weet lukt het hem, of lukt het haar het kwade om te smeden tot iets goeds.

Gerrit voelde zich nergens welkom vandaag, de wereld was een onherbergzame plek, overal loerde de vijand. Hij verkoos te blijven wachten tot hij werd binnengelaten. Je moest oppassen met oude mensen. Van de ene dag op de andere konden ze achterdochtig worden, en je beschuldigen dat je ze wilde bestelen, of dat je wist waar de sleutel lag van hun geheime geldlaatje. Als de deur hier altijd openstond, wilde hij dat liever niet weten.

De tengere, gebogen vrouw die hem even later met een kan limonade in haar hand binnenliet, was een en al glimlach. Die zag er niet uit alsof ze ooit iemand onterecht van iets zou beschuldigen. Ze droeg een blauwe zomerjurk, die even gekreukeld was als haar tanige huid, met een witte streep. Het blauw was precies de kleur van haar ogen.

'U moet van het ZOM zijn,' zei ze, 'ik verwachtte u al.'

'Ik ben verkeerd gereden, maar dat ligt niet aan mij. Ze hadden me gezegd dat u in een appartement woonde op Erve Leeverdink.'

'Het is hetzelfde adres, maar dit is de oude knechtenwoning, sinds kort heb ik een eigen huisnummer.'

'Nou, dat zal ik dan snel in de computer veranderen. Stel, u komt te vallen en er moet iemand op af, dan kan zo'n omweg fataal zijn. Maar ja, daar staat zo'n meisje van de administratie natuurlijk niet bij stil.'

Terwijl ze voor hem uitliep vertelde ze dat dit haar geboortehuis was. Dertig jaar geleden was ze hier teruggekeerd om haar moeder te verplegen. Haar vader werkte op Leeverdink als boerenknecht, lang geleden, voor de hoeve werd verbouwd tot verzorgingshuis. 'In het begin verdiende hij nog geen twaalf gulden in de week. En dat met vijf kinderen, kunt u zich dat voorstellen? Als ze hem nodig hadden op het huis, ook al was het 's avonds laat, luidden ze gewoon de bel en dan rende mijn vader ernaartoe. Nu wordt die bel alleen nog maar gebruikt om alarm te slaan.'

Hij vroeg niets, maar ze praatte rustig door.

'Toen er op het grote huis appartementen kwamen, wilden ze dit erbij hebben, als portierswoning. Van alles hebben ze me aangeboden om me weg te krijgen, maar ik blijf liever hier.'

Mooi, dacht hij, dat een mens tevreden kan zijn met zo weinig. Toch kon hij het niet nalaten schamper om zich heen te kijken, naar de gebeitste houten vloer, de stoelen die nodig gemat moesten worden, het granieten aanrecht dat zo verzakt was dat een van de keukenkastjes eronder niet meer sloot. Het hele bedoeninkje stond trouwens flink uit het lood, net als de vrouw zelf. Ze stond zo scheef alsof ze op een stok leunde. 'Het zijn anders fraaie appartementen, mevrouw, prachtig afgewerkt met alarmknoppen en een lift en een groot terras met uitzicht over het weiland. Echt klasse.'

Ze nam hem mee naar een betegeld terras dat groen was van het mos en waar, onder een oranje markies, wat tuinmeubels stonden. 'Ja, ik weet het,' zei ze, en ze gebaarde naar een stoel, 'als ik mijn dagelijkse ommetje maak zie ik de bewoners theedrinken onder de witte parasols en dan zwaaien we altijd even naar mekaar. Maar ik woon toch liever op mezelf.'

Ze bood hem een glas limonade aan; toen ze eindelijk ging zitten, keek ze hem verlegen aan en zei: 'Ik zal het maar bekennen... ik heb geen flauw idee waarvoor u komt. Op mijn kalender stond G.P., heet u zo?'

Hij legde haar uit dat hij een collega verving, en dat hij haar de jaarlijkse griepprik kwam toedienen. Terwijl hij zijn tas op zijn schoot zette, merkte hij dat ze hem nog steeds verbaasd gadesloeg, alsof ze dement was en dezelfde vraag elk moment opnieuw kon stellen.

'Meestal krijg ik de prik toch pas begin oktober? Als de o in de maand zit, zo onthoud ik dat.'

'Op uw kaart staat dat u dan op vakantie bent.'

Ze schudde van nee. 'Ik ga nooit met vakantie.'

'Ja, het staat er echt, mevrouw, ik verzin toch niet zomaar wat. Als u uw plannen heeft veranderd, had u het ZOM moeten inlichten. Dan had ik vandaag niet speciaal hoeven langskomen.'

'Niet? Ach... ik snap het al. Eind september vertrek ik voor twee weken naar een klooster, dat is ook een soort vakantie.'

Hij kon niet verbergen hoezeer haar gezwets hem

op de zenuwen werkte. Nerveus schonk ze hem nog eens bij, alle ijsklontjes plonsden in zijn glas; één voor één viste ze ze er weer uit en gooide ze terug in de karaf. Vies oud mens, had haar handen misschien niet eens goed gewassen nadat ze haar billen had afgeveegd. Toen ze hem zag kijken, droogde ze haar vingers vlug af aan de rand van het tafelkleed.

'Is dat nou nodig, zo'n prik?' vroeg ze, terwijl hij de datum op haar kaart invulde. 'Een mens moet toch ergens aan doodgaan? Een longontsteking, mijn zusje die ook in de verpleging heeft gezeten noemt dat *the old man's friend*. Een zegen, want die brengt een barmhartige dood zonder al te veel strijd. Zeggen ze.'

'Het vaccin bestaat dus dienen wij het toe, tenzij u principiële bezwaren heeft. Bent u Jehova's getuige of zo?'

Ze schudde het hoofd en keek hem onderzoekend aan. Terwijl hij een vaccin en geprepareerde verbandgaasjes uit zijn tas haalde, probeerde ze hem op zijn gemak te stellen door hem op de vlinders te wijzen die om de paarse kaarsvormige bloemen zwermden van een grote verwilderde struik die over het terras heen hing.

'Ze zeggen wel eens dat door de vleugelslag van een vlinder hier, ergens ver weg een tornado kan ontstaan. Ziet u het voor zich?'

Hij reageerde niet, en terwijl ze de halflange mouw van haar zomerjurk vast omhoogschoof, waagde ze nog een poging: 'Die Lucia de B., hè, die verpleegster die al die oude mensen vermoord heeft en weet ik hoeveel baby's, die noemen ze een engel, een engel des doods. Nu, ik stel me bij een engel toch echt iets heel anders voor.'

Ik glimlachte, want ze wist niet half hoe waar het was: engelen doden niet. Wij zijn erbij wanneer iemand sterft, een schakel tussen leven, dood en verder leven, een soort verloskundige die de kat door het kattenluikje loodst. Maar Gerrit had er schoon genoeg van, ze was niet de eerste deze week die hem erover aansprak. Die zaak kwam binnenkort voor, en dat zaaide een hoop onrust onder de mensen. Net als het gerucht over die verpleegkundige in Venray die stelselmatig demente bejaarden had mishandeld. Hij schoof zijn stoel dichterbij, legde zijn hand om Fransjes bovenarm om met een desinfecterend gaasje een stukje huid te ontsmetten. Verbeeldde hij het zich, of verplaatste ze haar gewicht naar haar andere bil, van hem weg?

'U bent toch niet bang voor een prikje?'

'Waarom zou ik? U doet het toch heel voorzichtig.'

Deed je je stinkende best om iedereen op tijd de juiste medicatie toe te dienen en altijd geduldig en begripvol te blijven, en wat kreeg je ervoor terug? Argwaan, die met ieder nieuw krantenbericht werd aangewakkerd. Als zo'n onderwerp een televisie-item werd kon je je wel bergen, dan waren de rapen gaar. Onder collega's durfde hij het niet eens ter sprake te brengen, zo'n gesprek ging al gauw de verkeerde kant op, werd voor je het wist veel te persoonlijk. Zelf had hij nooit iets strafbaars gedaan, nog nooit iemand mishandeld, natuurlijk niet. Maar soms haalden ze je het bloed onder de nagels vandaan, door steeds dezelfde vragen te stellen zonder naar het antwoord te luisteren. Dan kon hij zo'n mensje wel door elkaar rammelen. Maandenlang lag die neiging te sluimeren om dan ineens gewekt te worden door iets angstigs in een blik, of een tegendraadse beweging die hem hinderde bij zijn werk. Soms voelde hij die aandrang oprispen door iets hooghartigs in iemands gedrag, door de toon die iemand tegen hem aansloeg, alsof hij de loopjongen was. Dan kon hij het niet nalaten het uiteinde van de digitale thermometer net iets te hard in het oor te jassen, of hij liet zo'n zeurkous een paar keer om de po bellen terwijl hij wist dat ze twintig minuten geleden een laxeermiddel toegediend had gekregen.

'Eigenlijk heel verkeerd om erover te beginnen,' zei ze.

'Over het nut van de griepprik?'

'Over die Lucia de B...'

'Ach, iedereen heeft het erover.'

'Daarom juist. Ik zie dat u het zich aantrekt, en dat begrijp ik wel. Wat kunnen mensen toch dom kletsen als ze zich niet op hun gemak voelen.'

Hij stopte de kaart terug in zijn tas en deed alsof hij iets zocht. Ze mocht dan wel een oude kletsmajoor zijn, ze keek dwars door hem heen. Als ze zijn groeiende ergernis had opgemerkt, wat dan nog meer? Kon ze gedachten lezen? Hij moest dit snel afhandelen, en wegwezen. Ze keek hem zo bedroefd aan, alsof zij met hem te doen had. Hij legde zijn hand weer om het slobberige vel van haar bovenarm en strekte zijn andere hand uit naar de injectienaald, toen in huis de telefoon overging. Ze wisselden een blik.

'Een momentje.'

'Kunt u hem niet laten rinkelen?'

'Nee, want mijn zusje weet dat ik thuis ben. Als ik niet opneem maakt Addy zich ongerust.'

'Dit is zo gepiept, mevrouw.'

'Heel even maar.'

Ze sprong op, botste tegen de tafel, de injectienaald rolde naar de rand – nog net op tijd kon hij zijn hand erop leggen. Lomp wijf... hij keek haar aan, hield zijn blik strak op haar gericht toen ze zich naar de telefoon haastte. Maar ook toen ze opnam, bleef ze met haar rug naar hem toe gekeerd staan. 'Ah, ben jij het, Tycho,' zei ze opgewekt. 'Je belt uit een cel... hou het kort, wil je, ik heb bezoek.'

Fransje had voor de tweede keer de mouw van haar zomerjurk opgestroopt. Het was gebeurd voor zij – en ik – er erg in hadden. Ruw greep Gerrit haar arm, en duwde de naald in haar vlees. 'Au, wat doet u! U doet me pijn!' 'Wilt u dan dat ik ernaast prik?' Ze was te geschokt om iets terug te zeggen, te geschokt ook om te huilen. Ik probeerde haar nog te troosten door in haar oor een liedje te neuriën, iets uit haar kindertijd, een canon die haar moeder altijd zong, en dan moesten de kinderen, de een na de ander, invallen: 'Twee ganzen in het haverstro, zaten daar en gakten zo...' Maar het gif had zijn werk al gedaan, ze hoorde en voelde niets meer. Toen Gerrit allang verdwenen was, en ook de afdruk van zijn vingers in haar huid, zat ze daar nog steeds, als verdoofd.

Eerst was Tycho naar zijn oma gereden. Toen hij bij haar op de stoep stond besefte hij dat hij haar afgelopen zaterdag zelf naar Enschede had gebracht waar ze in een bus was gestapt, voor een reisje met zestig andere witte permanentjes helemaal naar Wenen. Ze zou pas aan het eind van de week terugkomen. Hoopvol gluurde hij door de halfgesloten gordijnen naar binnen: misschien had ze heimwee gekregen en was ze eerder teruggekomen? Op de mat in de gang lagen een paar Gelderlanders en wat post, op de slaapkamer boven brandde een lamp zodat het leek alsof er iemand thuis was. Het zou hem niet verbazen als er ook een radio aanstond om de inbrekers te misleiden.

'Zoekt u iets?' vroeg een passerende vrouw. Ze bleef even staan.

Toen hij zich van het raam losmaakte, liep ze door, maar toen hij in zijn auto stapte, keek ze nog een keer achterom alsof ze zijn gezicht in haar geheugen prentte. Rudy, dacht hij ineens, die had vaak genoeg geld van hem geleend. Als hij met zijn truck niet al te ver hier vandaan was, konden ze elkaar misschien halverwege ontmoeten. Rudy wilde hem vast wel uit de brand helpen, die wist als geen ander wat de proefrit voor hem betekende. Hij strekte zijn hand al uit naar zijn mobieltje, toen hij zich herinnerde dat zijn telefoon was afgesloten.

Hij moest een telefooncel zoeken.

Hij had de halve stad doorkruist voor hij een telefooncel vond die het deed. Nadat hij een paar keer tevergeefs een munt in een toestel had geworpen, had hij nog maar drie euro op zak. Het duurde even voor hij zijn verhaal kwijt kon, want Rudy vond het nodig een reeks grappen te maken, 'waarvoor zit je in de cel, wat heb je uitgevreten?', Tycho was zo langzamerhand te verzenuwd om er de humor van in te zien. Toen hij eindelijk aan het woord kwam, bleek dat hij van zijn vriend niets te verwachten had; die was met een truck vol bevroren kippen op weg naar Antwerpen waar hij voor negen uur vanavond zijn vracht bij een supermarkt moest afleveren.

Rudy niet, maar wie dan wel? Hij begon zo te zweten dat het glas van de telefooncel binnen een mum van tijd beslagen was. Met zijn voet hield hij een van de deuren een stukje open. Hou je kop erbij, denk na! Behalve het nummer van Rudy was er één ander nummer dat hij uit het hoofd kende: dat van thuis, hoewel hij dat woord amper uit zijn strot kreeg sinds zijn vader hertrouwd was met een vrouw die alle foto's van zijn moeder had weggehaald. En niet alleen haar foto's, maar elk schilderij, ieder vaasje, de verzameling glazen paardjes, ja zelfs het rozenperk dat zijn moeder en hij samen twee jaar voor haar dood hadden aangelegd, had zijn stiefmoeder op de schop genomen. Eén groot terras had ze ervan laten maken met grindtegels, en witte plastic meubels, lekker makkelijk.

Hij bonkte met zijn hoofd tegen het glas... niet zo denken, niet zo negatief, man, het is tenslotte je vaders vrouw, je kunt niet om haar heen. Laat je niet opfokken. Hij haalde diep adem: het was niet alleen het vooruitzicht voor haar op de knieën te moeten, maar ook dat hij nu toch weer bij zijn vader moest aankloppen. Die hele spaarregeling voor de motor was zijn vaders idee. Die had hem geholpen voor zichzelf te beginnen, had hem geleerd een factuur op te stellen, wist een tweedehands computer voor hem op de kop te tikken, en nu moest hij weer... maar zijn vingers gleden automatisch langs de toetsen, als een kind dat blind de tepel van zijn moeder vindt.

'Pa is er zeker nog niet?' vroeg hij zo vriendelijk als hij kon.

'Nee, na zessen pas.'

'Waar is-ie?'

'Aan het werk natuurlijk, wat dacht jij dan?'

Ze kon het domweg niet, gewoon antwoord geven. Hij wist precies hoe ze op dit moment keek, zijn stiefmoeder, aan de andere kant van de lijn; bange ronde krentenoogjes, het geverfde zwarte, kort opgeschoren haar stak scherp af tegen de bleke huid. De pezen in haar magere hals waren als kabels zo gespannen. Als hij haar op haar verjaardag een kus gaf, voelde het alsof ze een grindtegel onder haar blouse verborg. Je moest er een heleboel drank in gieten wilde die vrouw een beetje ontdooien, wat ook geen pretje was, want dan kreeg ze de ene huilbui na de andere. Maar je wist het nooit bij haar, soms sloeg ze als een blad aan de boom om, en deed ineens poeslief.

'Weet je misschien waar hij is? Dan rij ik er even langs.'

'Een grote klus, een wegverbreding, of een rotonde, maar waar, geen idee. Is er iets, heb je weer geld nodig?'

Na zessen. Tycho rekende uit hoe laat hij in Veenendaal zou zijn als hij pas zo laat kon vertrekken. Het werd al vroeg donker, misschien moest hij de verkoper bellen en hem vragen of hij de afspraak naar morgen kon verzetten. Nee, beter van niet, dat maakte weer zo'n onbetrouwbare indruk, gisteren had hij hem nog opgebeld om te vragen hoe hij het best kon rijden.

'Ben je thuis, dan wip ik even aan.'

'Als je weer geld nodig hebt, hoef je niet te komen.'

'Wat bedoel je?'

'Precies wat ik zeg. Je vader en ik hebben daar een afspraak over. Je vader zegt ook: hij moet het maar een keer leren. Hij vraagt zich ook af óf jij eigenlijk wel op jezelf kan wonen. Je rommelt maar wat aan.'

Tycho kneep zo hard in de hoorn van de telefoon dat de muis van zijn hand pijn deed. In de glazen wand van de cel zag hij zijn gezicht, strak van woede. Als hij nu oog in oog met haar stond, zou hij haar bij haar nekvel pakken en die opgeschoren rattenkop tussen de deur klemmen. O, jij takkewijf, riep hij bijna, maar in plaats daarvan gaf hij een rotschop tegen de deur.

'Dus je hebt wel geld in huis, en je wilt me niets lenen?'

'Sla niet zo'n toon tegen me aan, ja! Als jij niet te lamlendig was om je rekeningen op tijd te versturen stond je niet constant rood.'

Hier had hij niet van terug. Op slag voelde hij zijn woede zakken; ze had gelijk en voor één keer was dat geen nederlaag, want ze had hem op een idee gebracht.

Het gerammel van het gereedschap in de laadbak was al van verre hoorbaar. Fransje keek op haar horloge, het was nog geen vier uur. Meestal kwam Tycho te laat, hij vond het moeilijk het werk goed in te delen. Zoëven had hij gebeld dat hij wat eerder kwam. Ze tastte naar het platte leren envelopje dat aan een koord om haar hals hing. Het was beter om het bedrag vast apart te leggen, zodat hij niet zag hoeveel geld er in haar portemonnee zat.

Koffie zetten, dacht ze en ze plantte haar handen op haar benen om nu toch werkelijk aanstalten te maken, kom, hij rekent erop. Nadat ze een keer gekscherend gezegd had dat je van zo'n sterke zwarte bak een mooi lijk wordt, was dat een grapje tussen hen geworden. Maar ze verroerde zich nog altijd niet, niet alleen haar arm was stijf, haar hele lijf voelde beurs aan.

Waarom was hij opeens zo kwaadaardig geworden, die man van het ZOM? Het was dom dat ze tegen de tafel had gestoten, maar zó erg nou ook weer niet. Nadat ze had opgehangen, had ze voor de tweede keer 'sorry sorry' gezegd en nog eens uitgelegd waarom ze de telefoon moest aannemen. Het maakte hem alleen maar bozer, vlug, vlug greep hij haar arm, en toen ze zei dat hij haar pijn deed, zei hij dat ze zich niet moest aanstellen.

Haar onderlip trilde, niet door de herinnering aan de pijn maar door het lachje om zijn lippen. Ze haalde haar hand langs haar neus, Tycho hoefde haar niet te zien snotteren. Maar wat bezielde zo'n man? Hij was al een beetje korzelig binnengekomen, toch leek hij geen nare man.

De dagen nemen zoals ze komen... Laat je niet van de wijs brengen, Fransje, lach erom, die man is niet goed snik, bid voor hem. Probeer hem niet uit je hoofd te zetten, maar juist voor je te zien met grijns en al. Zie het onder ogen: zo zijn mensen soms. Hij kan trouwens niets tegen je hebben, niets tegen jou persoonlijk, want hij kent je niet eens. Jij hebt niets verkeerds gedaan. Hij wilde gewoon iemand te grazen nemen, en toevallig was jij het. Nu is hij het kwijt, anders had-ie misschien zijn vriendin geslagen of een kind. Laat je niet meesleuren naar beneden, laat het niet gebeuren.

Het benarde gevoel, alsof hij haar had ingespoten met een serum dat haar longen deed krimpen, ging niet weg maar werkte door en toen Tycho met zijn schop en schoffel over de schouder en een snoeischaar in de hand om de hoek van het huis verscheen, kreeg ze amper een groet over haar lippen.

'O, ben je daar al', vanzelf sloten haar vingers zich weer om het leren portemonneetje.

'Goeiemiddag.' Ze zag hem kijken naar de tafel waar wel een mok klaarstond en de suikerpot maar geen thermoskan met koffie. Hij legde zijn gereedschap op het gras en keek naar de lucht, haalde zijn hand door een zwerm muggen.

'Mag ik even naar de wc. Ik moet al de hele tijd zo nodig, maar ik was in de stad en... Ik trek mijn schoenen uit, natuurlijk.'

'Ga maar, je weet waar het is.'

Zichtbaar opgelucht snelde hij naar binnen. Ze spitste haar oren. Wat deed-ie toch? Hij zou toch niets gebruiken, iets inspuiten, of slikken of snuiven? Even naar de wc... ze was veel te goed van vertrouwen, liet al die mannen maar binnen. Zodra hij klaar was met... met wat hij daar ook aan het doen was, kon hij meteen weer vertrekken.

Eindelijk hoorde ze de wc doorspoelen, daarna het water van het fonteintje lopen. Geen plas, maar een hoop had hij gedaan, een grote mannenvlaai – ze moest bijna kokhalzen bij de gedachte aan de stank die zich in haar huis zou verspreiden, haar dwong buiten te blijven, uitgerekend nu, nu ze niets liever wilde dan de gordijnen dichttrekken en weer in bed kruipen.

'Even de kruiwagen halen en dan hoor ik wel wat u het eerst gedaan wil hebben,' zei hij terwijl hij zijn handen afdroogde aan zijn spijkerbroek. 'Vandaag een half uur, en morgen maak ik het af, dat beloof ik. Zal ik de buddleja opbinden? Dat geeft wat meer lucht. In de herfst moeten we haar maar weer eens flink terugsnoeien.'

Als ze hem nu niet te verstaan gaf dat hij beter kon gaan, kwam ze nooit meer van hem af. Tycho kwam traag op gang, maar als hij eenmaal bezig was werkte hij als een bezetene, hij leek nooit moe te worden.

'Het komt me eigenlijk niet goed uit vandaag, Tycho.'

'O.'

'Je vindt het toch niet erg dat ik je voor niks heb laten komen?'

Hij veegde wat aarde uit zijn wenkbrauwen. 'Nee hoor, eerlijk gezegd niet. Ik moet me nog douchen, schone kleren aantrekken voor die afspraak.'

'Nou, ga dan maar.'

Hij pakte schop en snoeischaar weer op, zette zijn voet op de schoffel zodat de steel met een zwiep in zijn hand terechtkwam.'Kunnen we wel alvast afrekenen?'

Zijn blik ging naar de beurs om haar hals, ze bloosde, alsof ze wijdbeens zat en hij per ongeluk haar onderbroek zag.

'Kan dat morgen niet?'

'Ik heb u er nog expres over gebeld. Ik heb het geld nodig. Niet morgen, vandaag. Vanwege die borgsom.'

Ergens vlakbij in het gras zaagde een krekel de stilte door; bezorgd, bijna angstig staarde Tycho haar aan. Wat leek hij opeens klein, terwijl hij toch zeker twee koppen groter was dan zij; daarbij stond hij, terwijl zij zat. Smekend keek hij haar aan, met de blik van een hond die haar hand wilde likken.

'Honderdtwintig euro is het alles bij elkaar,' zei hij.

Ze klemde haar benen om de ijzeren stoelrand. 'Zoveel? Maar dat... dat heb ik dan toch niet goed begrepen. Dat komt me niet uit, zo'n groot bedrag in één keer.'

'Ik heb het u net al voorgerekend. Ik ben drie keer twee uur geweest, en dat is zonder vandaag en morgen. Omdat ik het zo in het handje krijg hoeft u de BTW niet te betalen.'

Ze wist het al, al op het moment dat ze toestemde: ze had er niet op in moeten gaan. Ze betaalde nooit iemand zwart, nooit. Ze had zich niet om laten praten om hem ter wille te zijn, niet uit goeiigheid zoals ze zichzelf had wijsgemaakt, maar omdat het een paar centen scheelde. Ze ontweek zijn vragende blik, zag hoe een koolwitje opsteeg van de buddleja die nu in de schaduw lag, en naar de muur van het schuurtje vloog om zich daar, de vleugels gespreid, in de zon te koesteren. Zij kon het niet. Het lukte haar niet de kou binnen in haar te ontvluchten, het was alsof ze met een speld aan zichzelf zat vastgepind.

'Ik was vergeten dat de stomerij mijn winterjas straks komt terugbrengen, die moet ik ook nog betalen, ook van andere keren bedenk ik me net. Maar als het écht moet, wil ik je wel een deel van het bedrag voorschieten.'

'Hoeveel?'

'Vijftig euro.'

'Is dat alles?'

'Meer kan echt niet.'

'U had het beloofd!' riep hij uit.

Als hij zo tekeer ging kon hij ook naar die vijftig euro fluiten. Ze stond op om hem te kennen te geven dat ze er schoon genoeg van had. Woedend smeet hij zijn gereedschap neer, de schop raakte een terracotta sierpot met fuchsia's, er brak een stuk van de rand. 'Kijk nu jongen, wat je doet. Zo'n dure pot, wintervast nog wel.' Er ging een rilling door haar heen, ze wilde het niet zeggen, ze flapte het eruit. 'Dat gaat van je loon af.'

'Ik heb erop gerekend. Op het hele bedrag. Kan die stomerij niet wachten?'

'En ik wil ook een kwitantie.'

Hij greep met beide handen naar zijn hoofd. Schor, en met overslaande stem riep hij: 'Dat was de afspraak niet.'

'Ik moet toch een bewijs hebben dat ik je betaald heb. Dadelijk stuur je me over een paar weken toch een rekening.'

Van zijn voorhoofd liepen een paar zweetdruppels langs zijn slapen naar zijn kaak, een modderig stroompje. Hij staarde haar aan, met iets wazigs in zijn blik.

'Takkewijf. Het is niet eerlijk.'

'Nou, dan gaat het feest niet door. Kom morgen maar terug, als je afgekoeld bent.'

Daar ging ze, haastig hobbelde ze over de oude uitgeholde klinkers die haar vader nog had gelegd onder de beukenhaagboog door, de tuin uit. Iedere dag iets van beweging, had de dokter gezegd, dat moet, onder alle omstandigheden, rust roest. Ze stak het bospad over dat als een lus om het weiland lag, als je dat volgde kwam je op het veldje dat de grens vormde tussen Erve Leeverdink en de andere landerijen. Het veld stond vol zonnebloemen. Anders stond ze altijd stil om de gele vlakte in zich op te nemen, zich eraan te laven, nu liep ze door. Ze wilde naar de paarden die in de schaduw van de rode beuk in het weiland stonden te grazen.

Zoals altijd lette ze goed op waar ze haar voeten neerzette, in het hoge gras zag ze misschien niet iedere kuil of oneffenheid en op haar leeftijd moest je niet ook nog eens iets breken. Ze keek niet op of om, het verbaasde haar niet dat ze geen autoportier hoorde dichtslaan, geen motor hoorde starten, geen gerammel in de laadbak van een wegrijdende auto. Bij de roestige badkuip aangekomen die halverwege het weiland stond, daar waar vroeger – toen het nog twee weilanden waren – een afrastering van schrikdraad liep, hield ze even stil. Buiten adem leunde ze tegen de rand van het bad en keek achterom naar de gevel van het grote huis; achter de ramen zag ze een paar mensen bewegen en ze stak haar hand op, maar niemand zwaaide terug.

Ze voelde zich zelden of nooit eenzaam, maar nu wel. Buitengesloten, in de steek gelaten. Ze kon evengoed niet bestaan. Voor de bewoners van Leeverdink was ze een soort... een soort malle Eppie ja, die iedere dag haar ommetje maakte, je kon er de klok op gelijk zetten – hou daarmee op, Fransje, niet zielig doen, je bent vandaag veel later dan anders, door die nare droom, die prik, en dat gedoe met die jongen. Toch goed dat je voet bij stuk hebt gehouden, een mens kan ook te toegeeflijk zijn, die jonge mensen denken zo makkelijk over geld, die verkopen de huid al voordat de beer geschoten is.

Ze wendde haar blik van het huis af, en keek naar een schrijvertje dat over het groenige water schaatste. Ze zag zichzelf weerspiegeld in de halfvolle kuip, het geldbuideltje bungelde boven het wateroppervlak; het leren koordje omlijstte haar mond, haar mond met om de lippen een strak glimlachje.

Ze deinsde terug, wankelde even, moest zich vasthouden aan de rand van de kuip zo ontdaan was ze door de gelijkenis – om haar mond lag dezelfde glimlach als bij die man toen hij de naald in haar arm spieste.

Wat had ze gedaan?

Wat was er in haar gevaren?

'Wat doe ik die arme Tycho aan? Hij heeft ervoor gewerkt, het is zíjn geld, ik moet het hem onmiddellijk brengen, hij heeft er recht op, het is van hem. Ik heb het hem beloofd.'

Maar het inzicht kwam te laat, want Tycho was haar achternagerend, het weiland in; het hoge gras dempte zijn voetstappen, zij hoorde hem niet naderen. Even raakte hij verblind door de weerkaatsing van het zonlicht in een stuk ijzer, hij struikelde, maar de val bracht hem niet bij zinnen. Hij krabbelde overeind, liep nog harder door, hij hoorde niet dat de paarden hinnikten, niet dat de ganzen op het erf van het grote huis in paniek begonnen te gakken. Hij verstond de tekenen niet.

Hij volgde haar zonder na te denken. Dat er mensen waren in de tuin van Erve Leeverdink die hem konden zien, besefte hij niet. Hij zag alleen haar, Fransje, in haar blauw-wit gestreepte zomerjurk, schrijlings op de rand van de badkuip, half van hem afgewend, een zakje met geld om haar hals. En waren de levens van de oude vrouw en de tuinman tot op dat moment nog twee lijnen die elkaar alleen zo nu en dan kruisten, nu raakten ze verknoopt. Toen zij zich van de rand van het bad losmaakte, duwde hij haar terug. Doordat hij schuin achter haar stond, zag ze hem niet, toch wist ze dat hij het was. Ze maakte aanstalten het koord over haar hoofd te trekken om hem de geldbuidel te geven; op hetzelfde moment trok hij het met een stevige ruk, met twee handen tegelijk, aan. Hij hoorde niet dat ze riep: 'Hier, voor jou', want strakker en strakker trok hij het koord om haar keel, waar nu alleen nog maar onverstaanbaar gerochel uit kwam.

Ze viel opzij, graaide naar zijn hand, maar hij duwde haar het water in. Ze greep zich vast aan de rand van het bad, zette zich af, had geen houvast, de bodem was te glad, bedekt met rottende bladeren. Een paar keer zag ze kans boven water te komen, groene algen kleefden in het witte haar, maar telkens duwde hij haar terug, tot ze zich opnieuw aan zijn greep wist te ontworstelen. Het duurde lang, veel langer dan de laatste stuiptrekkingen bij het paren. Met blote handen een leven nemen is moeilijker dan het te verwekken. Tycho gaf niet op, want in zijn lichaam woedde een drift die te groot was voor één mens. Het was alsof een vloedgolf, die ergens in de oceaan als rimpeling was begonnen, hem voortstuwde, meesleurde. Als de kaken van een schelp klemden zijn handen zich om haar kleine schedel, en hij sloeg, beukte het hoofd van de oude vrouw tegen de rand van de ijzeren badkuip – tot ze geen verzet meer bood.

Ik was erbij, het gebeurde voor mijn ogen. Ik had me er wel tussen willen werpen, Fransje in mijn armen nemen en veilig thuisbrengen. Maar ik heb geen handen waarmee ik kan ingrijpen, geen stok, geen vlammend zwaard. Mocht er een lezer zijn die meende dat mijn positie benijdenswaardig is, zo tussen hemel en aarde en overal te kunnen binnendringen, in slaapkamers, liften, gedachten, dan is die nu hopelijk uit de droom geholpen.

Onzegbaar treurig stond ik in het weiland met achter me een veld met gele bloemen, hun kindergezichten vol verwachting naar de zon gekeerd. Ik zag het aan, van minuut tot minuut, hoorde haar gekerm, sloeg de verschrikking gade, die ik vanochtend vroeg in een flits voor me had gezien – tot het allerlaatst was ik blijven hopen dat het niet gebeuren zou. Toen Tycho eindelijk op de vlucht sloeg, boog ik me over Fransje heen. Haar hoofd lag in een scheef knikje, de kin half in het vieze water. 'Mama?' zei ze heel zacht, en ik antwoordde: 'Ik ben bij je, kindje', en met de zoom van mijn vleugel streek ik over haar slapen, totdat ze de geest gaf.

Ik zat daar tot ik de grote bel op Erve Leeverdink hoorde luiden, zo hard en langdurig dat het tot in de wijde omgeving te horen moet zijn geweest. Ik zag Fransjes achternicht aan komen hollen door het weiland, met in haar kielzog de nieuwe vriend. Ik zag hoe ze zich over de badkuip boog en de algen van Fransjes voorhoofd veegde. Ze zou bij haar blijven, dat zag ik aan haar gebaren, ook als dadelijk de politie kwam, en nog weer later de lijkschouwer. Ze zou erop toezien dat haar tante werd gewassen, en in de anemoonblauwe jurk op een schoon laken werd gelegd, de rozenkrans tussen haar gevouwen handen. Toen ben ik de tuinman achterna gesneld, want ook zijn geschiedenis gaat verder. Een moord kan nooit het laatste woord zijn, is nooit het einde, eerder het begin. Maar het begin van wat? Van een nieuw verhaal, van weer zo'n keten van kleine en grote wreedheden, of van iets anders?

IV

Het veer

Tycho rende meteen naar zijn pick-uptruck, zonder eraan te denken zijn sporen uit te wissen. Toen de politie arriveerde lagen schoffel, schop en snoeischaar nog op de plek waar hij ze had neergegooid. Het was geen keuze, geen beslissing geweest, hij deed wat er in hem opkwam en legde blindelings de route af die hij de avond tevoren nauwgezet, afslag voor afslag uit het hoofd had geleerd. Maar eerder ergens vandaan dan ergens naartoe.

Hij volgde de provinciale weg naar Aalten richting Arnhem. Vanaf het eerste moment hoorde hij een vreemd geluid, een gerammel vlakbij alsof er iets was losgetrild in zijn auto. Pas toen hij bij toeval in zijn spiegeltje keek zag hij hoe hij onafgebroken klappertandde. Als hij zijn lippen uit alle macht opeen klemde hield het op, maar niet voor lang. Hoe strak hij zijn blik ook op de weg gericht hield, hoe diep hij het gaspedaal ook indrukte, het klapperen van zijn kaken en het beven van zijn knieën kon hij niet tegengaan.

Hij had een klein halfuur gereden toen hij boven zich het geluid van een helikopter hoorde. Hij minderde vaart, en klikte de veiligheidsgordel los; hij zou zich niet verzetten, en ook niets ontkennen: Ja, ik was omstreeks vier uur in de tuin van mevrouw V. Ja, ik heb haar gedood, maar ik was het niet van plan, ik ging niet naar haar toe om haar iets aan te doen, waarom zou ik, ze was juist een van mijn tofste klanten.

Hoe moest hij dat bewijzen? Alles wees op het tegendeel. Hij had met ten minste twee mensen over zijn geldnood gepraat, en Fransje had bezoek gehad toen hij haar opbelde, dat was nog een getuige erbij. Iedereen die hem de laatste weken had gesproken, wist hoe hij naar de proefrit had toegeleefd. Maar de helikopter vloog verder, maakte een bocht en verdween even later uit het zicht. Hij trok op en remde meteen weer af. Voor hem en achter hem reed een lange rij auto's, stapvoets, binnen de kortste keren stond het hier muurvast. Hij zette de radio aan en hoorde dat bij Zevenaar een paard de weg was op gerend, waardoor een vrachtwagen met aanhanger in een slip was geraakt, waardoor – hij zette de radio weer uit.

Hij weifelde: waar een ongeluk was gebeurd, dook vroeg of laat politie op, als hij nu de vluchtstrook nam zou hij hun met een beetje geluk zo in de armen rijden. Achter hem werd luid getoeterd. In gedachten verzonken had hij de ruimte tussen hem en zijn voorganger steeds groter laten worden. In zijn spiegel zag hij de lange rij auto's, en ook hoe verwilderd zijn blik was, hoe vuil zijn gezicht. Een bleek smoel met zwarte aardevegen, het negatief van zo'n bosneger op Discovery Channel die beschilderd op oorlogspad gaat. Toch was het zijn gezicht, waren het zijn handen die het stuur omklemden, dezelfde handen die – toen had hij een poos geen enkele gedachte meer.

Hij was Arnhem al aan de zuidkant gepasseerd om de drukte te omzeilen, maar eenmaal op de N325 kwam hij weer klem te zitten. Bij de afslag Heeteren stak hij de rivier over, in een impuls, alles liever dan nog langer in de file te staan. Rechts van hem lag de Neder-Rijn blikkerend in de lage zon. De bochtige dijkweg was griezelig smal, het asfalt langs de randen rafelig. Hij had geen flauw idee waar hij zou uitkomen, hij reed door in de hoop dat iemand hem tegenhield. Maar de enige tegenligger was een tractor met een opengesperde muil, vlijmscherpe tanden, die hem rakelings passeerden. Hij reed onder een spoorbrug door terwijl er juist een trein overheen denderde, passeerde de grote witte sluizen bij Driel, reed onder de snelweg door waar hij zojuist vanaf was gekomen, doorkruiste een langgerekt dorp. Telkens moest hij vaart minderen doordat de weg uit louter versmallingen leek te bestaan; de kruiwagen in de laadbak slingerde kletterend heen en weer. Hij voelde zich net een kogel in een flipperautomaat.

Na een minuut of twintig, even voorbij Randwijk, liep de weg na een bocht plotseling naar beneden. Lexkesveer, las hij op het bord langs de rivier. De pont was net vertrokken met een stuk of vijftien auto's, en een groepje wielrenners in glimmende hansoppen. Op de oever stond alweer een rij auto's te wachten. Sommige automobilisten stapten uit om de benen te strekken, of een ijsje te eten bij het buffet van een cafétaria. Mannen in kantoorpakken stonden lebberend aan blikjes frisdrank wat met elkaar te praten, er heerste een vakantieachtige vrolijkheid. Hij staarde ernaar alsof hij de rivier achter hen zag branden. Toen zijn moeder gestorven was, was hij ook zo bevreemd dat mensen gewoon naar de disco gingen, hun verjaardag vierden en plannen maakten voor oudejaarsavond. Hoe was dat mogelijk? Niets zou voortaan meer hetzelfde zijn.

Hij stapte uit, voelde aan de portemonnee in zijn achterzak waar nog twee euro in zat, net genoeg voor de veerpont. Zijn hand ging naar zijn borstzak, het leren geldzakje paste er precies in; er was een grote natte plek ontstaan in zijn overhemd. Toen hij de weg af liep naar de waterkant rook hij de frisse geur van zoet water, eindelijk was het gaan waaien. Hij keek omhoog, flarden wit deden het blauw nog blauwer lijken. Bij de oever liep hij een stukje de weg af om zich achter een struik, aan het zicht onttrokken van de mensen die op het terras van de cafétaria zaten, te wassen. Toen hij klaar was kamde hij in de zijspiegel van zijn truck zijn halflange haar zorgvuldig achter zijn oren, de scheiding in het midden. Het was een kwestie van afwachten, het kon nu echt niet lang meer duren. Als hij de moed had kunnen opbrengen om in de file te blijven staan, was hij nu al opgepakt. Zijn vader wist waar hij naartoe ging, had zelfs het adres. Ze zouden er volgende week op zijn verjaardag samen naartoe gereden zijn om de motor op te halen.

De bestuurder van de auto voor hem was ook uitgestapt; met de handen in de zakken kuierde de man naar hem toe, zichtbaar verlegen om een praatje.

'Zo te zien zijn wij niet als enigen op het idee gekomen deze sluiproute te nemen,' zei hij.

Tycho zag hem naar de natte plek in zijn overhemd kijken, om hem af te leiden maakte hij vlug een gebaar naar de overkant van de rivier. Of hij soms wist waar deze weg weer aansloot op de A12? Tot twee keer toe moest hij de vraag herhalen, zo zacht sprak hij, zo hees klonk zijn stem. Hees waarvan, had hij geschreeuwd? Hij kon het zich niet herinneren.

'Rij maar achter me aan, ik breng je er wel heen.'

'Dat hoeft niet, ik vind 't wel.'

'Kleine moeite, ik ken deze streek als m'n broekzak. Op een gegeven moment knipper ik met mijn lichten, daar sla ik rechtsaf naar Renkum en dan moet jij rechtdoor richting Ede.'

Tycho durfde hem amper aan te kijken toen hij hem bedankte. Was er dan niets aan hem te zien? Hij stapte in en reed het veer op, besefte ineens dat het waarschijnlijk voor het laatst was geweest dat iemand zo gewoon met hem had gepraat, alsof hij een mens was en geen monster.

'Ik heb het gedaan,' zei hij. 'Iets ging met me op de loop, maar ik was het wel, ik.'

Hij herinnerde zich een middag heel lang geleden, toen hij naast een vriendje aan een sloot zat om kikkervisjes te vangen, en voor het eerst de sensatie had van ik... en hoe hij één zin een paar keer achter elkaar had gezegd, ik ben ik ben ik ben ik, en naar zijn vriendje had gekeken die dus iemand anders moest zijn. Voor het eerst keek hij naar zichzelf, alsof hij uit zijn lichaam glipte, en zag zichzelf zitten in het gras, een jampot met kikkerdril in de hand, ik, die een ander was dan de jongen die kauwend op een grasprietje naast hem zat. Het was alsof hij een uitvinding had gedaan, iets wetenschappelijks haast, zoals de ontdekking dat uit slijmerig dril een gave kikker kon groeien. Het had hem intens gelukkig gemaakt, maar ook ernstig, groot en nietig tegelijk. Nu werd hij, toen tot hem doordrong: ik was het, ik heb het gedaan – niet iemand anders maar ik – met deze handen, mijn handen die nu op het stuur liggen – zo zwaar als nooit tevoren, zo bedroefd als een mens maar kan zijn.

Toen hij de motor startte om de pont te verlaten, keek de bestuurder van de auto voor hem in zijn achteruitkijkspiegel, opvallend lang, nadenkend. Had hij een regionale zender aangezet, of luisterde hij een politiezender af waar op dit moment, misschien al voor de zoveelste maal, zijn signalement werd verspreid, of het kenteken van zijn auto? Als dat zo was moest hij het hun niet te moeilijk maken, hoe sneller dit afgelopen was hoe beter. Maar de man hield woord, precies op het afgesproken punt, bij een stoplicht, knipperde hij met zijn lichten, draaide zijn raampje open en wenkte dat Tycho door moest rijden. Toen hij de afslag naar Renkum nam woof hij zelfs nog even.

De bruid

De beschrijving klopte precies. Aan het eind van het industrieterrein was een benzinepomp, naast een met zwart plastic en autobanden bedekte heuvel; even verderop, aan de rechterkant van de weg, een bord: verse eieren te koop, dan meteen daarna een grote boerderij met een grasveld waarop een paar geiten graasden. Tycho reed het erf niet op, maar zette de auto in de berm. Op het dashboardklokje zag hij dat hij precies op tijd was. In plaats van het afgesproken halfuur was hij nog geen kwartier bij Fransje geweest. Door niet naar huis te gaan om zich te verkleden had hij de wachttijd in de file en bij de pont weer ingelopen. Als de afspraak met de verkoper zijn alibi was geweest, had hij het niet beter in scène kunnen zetten.

Uit het voorhuis kwam een man aangelopen van een jaar of zestig, een grijsaard in een strak spijkerpak met puntige cowboylaarzen. Tycho stapte uit, de autosleutels liet hij in het contact zitten, die had hij voorlopig niet meer nodig. Zijn persoonlijke bezittingen kreeg hij pas terug nadat hij zijn straf had uitgezeten – zo ging het tenminste altijd in misdaadfilms. De man veegde zijn lippen af, en zei dat hij op de radio iets had gehoord over ongelukken op de A18, 'dus ik dacht: die zal er voorlopig nog wel niet zijn.'

Schichtig keek Tycho om zich heen of hij ergens een overvalwagen zag, daar achter die schuur misschien... De man volgde zijn blik. 'Ja, daar staat ze. Ik had 'r nog even willen starten, maar dat is er niet meer van gekomen. Maak je niet ongerust, hoor, ze loopt als een zonnetje. Is dit je eerste motor?'

'Ja.'

'Nou, we zullen je niet langer in spanning houden.'

We? Tycho kon niets ongewoons in zijn toon ontdekken, niets wees erop dat hij in de val werd gelokt. Omdat hij ook niet wist wat hij anders moest, deed hij wat er van hem werd verwacht: hij grabbelde naar de portemonnee in zijn borstzak. Maar het eerste dat hij eruit viste was een doorweekte buskaart met een pasfoto van Fransje, een fletse foto, genomen in een automaat. Ze leek helemaal niet op zichzelf, zat diep weggedoken in de kraag van een donkere winterjas. Ze keek gemelijk, een blik die hij niet van haar kende – tot vanmiddag. Voor de ander de buskaart kon zien, stopte hij hem weer terug en haalde twee vochtige briefjes van vijftig en een van twintig euro te voorschijn.

'Hier, uw borg.'

'Mee in bad geweest zeker,' grinnikte de man, en hij maakte een wegwuivend gebaar.

'Honderdtwintig euro.'

'Hou maar bij je,' hij schoof de hand met het geld weg.

'Wat bedoelt u? Het is nat, maar echt. Kijk dan.'

'Ja, ik geloof je wel. Het was maar een testje.'

'Een testje?'

'Ik moet toch weten hoe serieus je bent. Straks krijg ik hier een schooljongen die een beetje wil joyriden. Maar jou vertrouw ik wel.' Hij draaide zich om en liep door, maar Tycho bleef als aan de grond genageld staan.

'Kijk uit, hè,' riep de man, hij hield de schuurdeur wijd open, en knikte naar een karton aan de klink waarop stond NAT.

Met onvaste tred, als in een nachtmerrie waarin zijn voeten bij iedere stap dieper wegzonken, volgde Tycho de man de schuur in. Het was er schemerdonker en hij knipperde met zijn ogen. Het duurde even voor hij zag hoe groot de ruimte was, en hoe leeg, op een paar balen stro na. Een straal avondzon viel schuin door een van de stalramen op de, met een laken, bedekte motor. Alleen de wielen waren voor de helft zichtbaar, de spaken, een stukje standaard, de goudkleurige velgen. Net de schoenen van een bruid in vol ornaat. Dadelijk zou ze haar sluier opslaan, en kreeg hij haar te zien, zijn lief, zijn droom.

De man zei dat hij gerust dichterbij mocht komen: 'Ze bijt niet.' Maar Tycho staarde van de doorweekte biljetten in zijn hand naar het ding dat onder een wit laken stond opgebaard.

Hij had het geld laten vallen, was tegen de geverfde deur aan gelopen, het erf af gerend naar de auto.

En weggereden zonder te weten waarheen. Het maalde door zijn hoofd: hou je geld maar bij je, ik vertrouw je...

Hoe had hij dit kunnen weten? De verkoper deed wel of het genereuze gebaar voortkwam uit mensenkennis, maar dat was niet zo. Op een andere dag had hij de borg zeker willen hebben, was hij misschien zelfs ontstemd geweest dat de bankbiljetten nat waren. Maar er was hem die dag iets overkomen. Hij had de nacht bij zijn vriendin in Lichtenvoorde doorgebracht, en was er de rest van de dag gebleven. Rond halfvier had hij haar in Winterswijk naar het station gebracht, waar ze de trein nam naar familie in Apeldoorn. Toen hij het station wilde verlaten, gehaast, want hij moest nog helemaal terug naar Veenendaal, was hij gestruikeld over een nylon tas die onbeheerd bij de snoepautomaat stond. Hij schrok, maar niet alleen doordat hij een rotsmak maakte. Toen hij overeind wilde krabbelen zag hij vanuit zijn ooghoeken iemand op hem af stuiven, zo'n gluiperd op van die veel te witte sportschoenen.

De jongen had zich bezorgd over hem heen gebogen, hem gevraagd of hij zich had bezeerd, en hem voorzichtig overeind geholpen. Hij kreeg een schone zakdoek aangeboden, die naar zeep rook, om het bloed op zijn neus te deppen. Een incident, niet opzienbarend, maar het was genoeg om zijn stemming de rest van de dag net dat zetje te geven, en het vertrouwen in mensen te herstellen dat hij allang was kwijtgeraakt.

En de jongen? Hij had de struikelaar op de cowboylaarzen hoe dan ook wel overeind geholpen, uit plichtsbesef, zo was hij opgevoed, maar er zijn zoveel manieren om iets te doen en die middag deed hij alles juichend. Kort tevoren had de chef van de Volkswagen-garage waar hij stage liep als monteur, een man van weinig woorden, hem voor het eerst geprezen. Dat was in al die weken nog nooit gebeurd. Hij had zelfs beloofd een balletje op te gooien bij de baas, of hij hier na zijn opleiding kon komen werken. Het vreemde was dat het gebeurde nadat hij iets heel simpels had gedaan; hij had een reserveband in de achterbak van een klant teruggelegd, een oude klant, dat wel – de chef had nog een hele poos met hem staan praten – hij kwam kennelijk net uit het zwembad, zijn haar was nat en hij rook naar chloor.

De leerling-monteur had een flard van het gesprek opgevangen en kon dan ook niet vermoeden wat het voor zijn baas betekende dat de gepensioneerde leraar zo aandachtig naar hem luisterde. Het was eruit geweest voor hij het wist, maar het zat de chef dan ook heel hoog dat zijn dochter na de zomervakantie geen steek meer uitvoerde op school, en zelfs geschorst dreigde te worden. Niet alleen had de leraar belangstellend geluisterd, hij had ook voorgesteld het meisje bij het huiswerk te begeleiden. Nu zijn vrouw weer terug was uit Sparrenheuvel en hij niet langer dagelijks op en neer hoefde te rijden naar het herstellingsoord, zat hij weer wat ruimer in zijn tijd. Hij hield van lesgeven, pas onlangs had hij gemerkt hoezeer hij het contact met leerlingen – ook de lastige ja, misschien juist de lastige – miste. Dit spontane aanbod van een klant, met wie hij nooit meer dan een paar woorden had gewisseld, had de ongeruste vader weer hoop gegeven en alles in een ander licht gezet. En op zijn beurt voelde hij de behoefte een hartelijk gebaar te maken. Op dat moment was zijn blik op de leerling-monteur gevallen.

Begin

Tycho jakkerde maar voort, naar het westen, in de richting van de ondergaande zon. Toen hij ontdekte dat de benzinewijzer steeds dichter naar de rode streep toe zakte, besloot hij af te slaan: over een kwartier was het donker en het vooruitzicht de nacht in zijn truck langs de kant van de weg te moeten doorbrengen, maakte hem doodsbang.

Zodra hij de grote weg had verlaten, viel zijn oog op het blauwe bord van een politiebureau. Eindelijk, dacht hij, ik ben er. Dichterbij gekomen zag hij dat hij te vroeg had gejuicht: het was geen gewoon politiebureau. Op het uitgestrekte omheinde terrein lagen meerdere kantoorgebouwen. Hij parkeerde zijn auto naast het hoge traliehek en stapte uit. Het terrein aan de andere kant van het hek lag er verlaten bij. Bezoekers dienden zich te melden. Waar, bij wie? Hij strekte zijn hand uit naar de bel van de intercom.

'Korps Landelijke Politie Diensten.'

Tycho sloeg zijn handen om de tralies, hij had het gevoel dat hij ieder moment in elkaar kon zakken.

'Goedenavond, wat kan ik voor u doen?'

Tycho aarzelde, schuin boven zich zag hij het oog van een bewakingscamera.

'Is dit ook het bureau voor de... voor de gevonden voorwerpen?'

Nee, dan moest hij naar links, de Hoofdstraat uitrijden, richting Driebergen. Bij een bank, naast de brandweerkazerne was het politiebureau. Tycho besloot zijn auto te laten staan, voor zijn auto hem in de steek zou laten en begon te lopen.

Er leek geen eind te komen aan de door bomen omzoomde weg. Na een paar minuten zag hij aan de overkant een restaurant, maar nog altijd geen bank, geen brandweerkazerne, geen politiebureau. Hij geeuwde van de honger, even verderop zag hij een uithangbord, een gekleurde luifel. Misschien was er nog een winkel open.

Voor de snackbar stond een Volvo, half op de stoep geparkeerd, met de richtingwijzer nog aan. Op weg naar de ingang werd hij bijna omvergelopen door een forse man – een man met een rode schram op zijn kin – die, een zak met bekers ijs tegen de borst geklemd, liep te telefoneren. 'Ja, ik kom eraan, lief, ben binnen vijf minuten thuis. Wat is dat voor gekef? Ik kan je amper verstaan. Kreeg zojuist een sms-je, Co konijn is om vijf uur in Parijs geland en zit nu in het vliegtuig naar Kabul. Ja, we zijn op schema. Hou de kinderen nog even op, wil je, ik heb iets lekkers voor ze om het te vieren.'

'Sorry,' zei de opgewonden vader, en met een knikje over zijn rechterschouder, 'je hebt geluk want ze wilde net gaan sluiten.'

Tycho keek door de open deur vragend naar het meisje achter de toonbank. Hij zag zichzelf in een grote spiegelwand met planken van glas waarop zilveren ijscoupes stonden, flessen siroop en glazen in allerlei maten. Spierwit was hij, hologig alsof hij in geen weken zijn bed had gezien. Als hij haar was zou hij zichzelf niet binnenlaten.

'Kom maar,' zei ze en ze wenkte, 'ik sluit wel meteen af, anders sta ik hier vanavond om tien uur nog.'

Tycho liet zich zakken op een van de rode skaileren banken tegen de muur en keek in zijn portemonnee.

'Wat kost een kop koffie hier?'

'Eén vijftig. Ja, achterlijk hè, maar ik heb die prijzen niet bedacht.'

Terwijl hij zijn portemonnee op het formica tafelblad omkeerde, sloot zij met een grote sleutelbos de deur af.

'Heb je niet genoeg?'

Hij schudde het hoofd.

'Geeft niet, ik heb net een reuzenfooi gekregen.'

'Mazzel.'

'Weet je: je ziet het meteen. Die vent danste zowat de zaak binnen.'

'En wat doe je met al die fooien, sparen voor een autootje?'

'Nee, voor een motor.'

Op dat moment zette ze juist zijn koffie voor hem neer. Zijn mond viel een stukje open en hij staarde haar aan. Doordat ze haar krullen had weggemoffeld onder een rood-wit petje, precies dezelfde streep als de luifel aan de gevel waarop in grote letters stond *Beter Broodje,* was het hem niet eerder opgevallen. Nu ze zo dichtbij was, zag hij de rossige streng haar langs de lichte huid van haar wang, de sproeten op haar voorhoofd.

'Moet je daar zo van schrikken?' vroeg ze.

Hij schudde het hoofd.

'Ik maak een broodje ei met mayo voor mezelf, wil jij ook?'

Terwijl zij de broodjes smeerde, en de plakjes ei erop legde, zorgvuldig alsof ze de kussens op een bed schikte, keek ze hem zo nu en dan vanonder de klep van haar petje aan. Zachtgrijze ogen had ze, die diep in de kassen lagen, een mooie, gulle mond en ze neuriede een liedje van Johnny Cash. Ze zette de borden met de broodjes op tafel en nam tegenover hem plaats, Brenda heette ze.

Zijn maag knorde luid, en Brenda schoot in de lach. Toen hij een hap wilde nemen, voelde hij een vlaag van misselijkheid opkomen en vlug legde hij het broodje weg. Zonder iets te zeggen pakte zij het bordje en zette het een tafel verderop.

'Nu zeg het maar, wat is er met je?'

Was het doordat haar wimpers zo licht waren, onzichtbaar bijna, of had ze altijd die naakte blik? Een blik alsof ze niets achterhield.

'Het is niet waar dat je voor een motor spaart. Je zegt maar wat!' Hij keek langs haar heen, of er tussen de flessen siroop ook een fles drank stond.

Geestdriftig begon ze te vertellen wat voor motor het worden zou, maar hij sloeg de handen voor het gezicht en verstond amper wat ze zei, zo hard begon hij te huilen. Zwijgend legde ze haar handen op de zijne, haar duimen streelden zijn polsen.

Zoals ze hier zaten, tegenover elkaar, het deed hem ergens aan denken; aan die crimineel in een zwart-witfilm, vorige week op de televisie. Wat zei-ie ook alweer tegen de vrouw aan de andere kant van de tralies? 'Wat een vreemde weg heb ik afgelegd om bij jou te komen... '

'Wat zit je toch te bibberen, wat is er?' vroeg Brenda zacht. 'Vertel het me maar.'

Hij keek haar aan. Waarom zou hij haar alles opbiechten? Het zou niets van het gewicht op zijn borstkas afnemen, en hem niet opluchten. Maar dat wilde hij ook niet, integendeel, vrede of gemoedsrust was niet wat hij zocht. Hij sloeg zijn ogen neer. Als hij de woorden eenmaal had uitgesproken, hardop, kon hij nooit meer doen alsof het níét waar was. Dan kon hij zich niet meer laveloos drinken, het niet meer wegblowen, niet meer fantaseren dat alles anders was gelopen. Als hij het haar nu vertelde, zou het al te waar worden, zo waar, zo echt als iets maar kon zijn, omdat zij ernaar luisterde. Hij weifelde, maar kon geen weerstand bieden aan de riviergrijze ogen die op hem rustten, hij haalde diep adem, en sprong.

'Ik heb het gedaan, ik...'

Met horten en stoten vertelde hij haar wat er gebeurd was – wat hij dacht dat het hele verhaal was, de hele waarheid – vanaf het moment dat een automaat in Winterswijk zijn pinpas had ingeslikt. Toen hij in het weiland bij de badkuip was aangekomen, begon hij nog erger te hakkelen. Het was alsof hij door te herhalen hoe hij Fransje had omgebracht, ook iets in Brenda zou doden, maar ze vroeg door, net zolang tot hij alles had verteld.

'Wat let je nog?' zei ze en ze schoof haar telefoontje naar hem toe.

'Dat ze me nooit geloven. Dat ze denken dat ik het stap voor stap heb voorbereid.'

Ze schudde het hoofd. 'Niemand denkt dat.'

'Hoe weet je dat zo zeker?'

'In een open weiland? Dat had je nooit gedaan als je je verstand had gebruikt.'

Ja, ze had gelijk: als hij het allemaal van tevoren had uitgedokterd, had hij Fransje meegelokt naar de bossen bij Woold, of naar een greppel achter een meidoornhaag, of naar de steengroeven, of... nee, hij wilde het zich niet voorstellen. Als hij een boer een dood schaap naar een kadaverbak zag slepen, wendde hij het hoofd al af. Hij pakte het telefoontje en toetste, voor het eerst in zijn leven, de drie getallen in van het alarmnummer.

'Wil je dat ik ze buiten opwacht?' vroeg hij.

'Blijf maar,' zei ze, 'dan drinken we nog een kop koffie samen. Je moet nu niet alleen zijn.'

Het wordt tijd om me terug te trekken, de hoogste tijd. Als ik mensen elkaar zie omhelzen gaan alle veren op mijn vleugels overeind staan. Is het uit schroom, of door de herinnering aan mijn eigen lichaam met een ander lichaam? Misschien, ik wil er niet te lang bij stilstaan. Ik ga mijn zinnen verzetten, wat verpozing zoeken, morgen is er weer een dag, morgen vroeg moet ik weer op pad. Maar vannacht ben ik vrij, nog even bij Fransje langs en dan door naar Kandahar.

Edith liet juist de luxaflex zakken toen ze de sirene hoorde, en vlak daarna nog een, gierende banden door de bocht. Ze trok het touwtje vlug weer aan en keek uit het raam. Er reed zelden een politieauto door de buurt. 'Wat is er aan de hand? Het lijkt hier New York wel,' mompelde ze. Het was de eerste stad die in haar opkwam, want in het journaal van acht uur waren beelden te zien geweest van de herdenking op Ground Zero met een flard van een speech over 'the enemy', de vijand die tegen elke prijs bestreden moest worden.

Er was niets ongewoons te zien, geen achtervolging, geen blauw zwaailicht in het donker, het kabaal kwam van een paar straten verderop. Soms bleef ze in gedachten bij zoiets stilstaan, vroeg ze zich af wat voor drama zich had afgespeeld, wie het slachtoffer was, wie de dader, maar nu had ze geen tijd. Haastig schopte ze haar schoenen uit, wurmde haar jurk over haar heupen, gooide hem over een stoel en opende haar klerenkast.

Toen Berend op zijn sokken binnenkwam, zei ze: 'Je bent te vroeg. Ik heb nog niets spectaculairs aan.'

'Bloot is mij vanavond spectaculair genoeg.'

'Geen pakje, geen touwtjes?'

Hij schudde het hoofd en veegde met zijn vinger een spatje roomijs van haar kin.

Even later stapte hij bij haar in bed, kroop tegen haar aan en verzuchtte: 'Eindelijk, eindelijk.' Hij sloot zijn ogen om haar te kussen, toen hem iets te binnen schoot. Hij kon het niet nalaten, hij moest het vragen: 'Wat had je nou ineens vanochtend, lief?'

Maar Edith schudde het hoofd en antwoordde: 'Iets... te onbelangrijk voor woorden.'

Verantwoording

De liedtekst op blz. 15 en 16 is van James Taylor van de cd *October Road*. De dichtregel op blz. 32 komt uit het gedicht 'Watersnood' uit de dichtbundel *Mijn broertje kende nog geen kroos* van Arie van den Berg (De Bezige Bij, 1970). De film *L'argent* (1983) is van Robert Bresson. Fransjes gedachte dat zij wel eens de dood van een ander zou kunnen sterven, is door Georges Bernanos verwoord in zijn toneelstuk (en de gelijknamige opera): *Dialogues des Carmelites*. De film waarnaar Tycho verwijst is *Pickpocket* (1959) van Robert Bresson.